CONTE verlag

Sterben – schlafen. –
Schlafen! Vielleicht auch träumen!

William Shakespeare, *Hamlet*, 3. Aufzug, 1. Szene

Wir sind aus solchem Stoff wie Träume sind,
und unser kleines Leben ist von einem Schlaf umringt.

William Shakespeare, *Der Sturm*, 4. Aufzug, 1. Szene

Kapitel 1 | *Leben*

Sie rückte Gegenstände zurecht, zupfte hie, zupfte da. Kein gutes Zeichen. Wie immer, wenn sie im tiefsten Innern aufgewühlt war, begann sie aufzuräumen. Je chaotischer es in ihrer Seele aussah, desto mehr sehnte sie sich nach äußerer Ordnung, nach Gleichmaß und Symmetrie.

Sie schob ein Bild gerade, das ganz leicht nach rechts geneigt an der Wand hing, sie zog den Vorhang zurecht und störte sich an einer Tulpe, die verwelkt in der Vase stand. Mit flinken Schritten eilte sie die Treppe hinab, holte Staubwedel, Putzlappen und Eimer und wunderte sich, dass sie nicht ausrutschte auf den glattpolierten Steinen.

Woher dieser Elan, fragte sie sich. Jede andere Frau wäre gelähmt und starr und untätig nach dem Schock. Der Brief, den sie bekommen hatte, war anonym, und der Inhalt war ungeheuerlich, niederschmetternd. Aber so war das doch immer bei ihr gewesen. Extremsituationen lösten bei ihr diese Reaktion aus: zuerst dieses rastlose, fanatische »Herumwuseln«, wie sie es nannte. Dann erst die Starre, gefolgt von Todessehnsucht, dem Wunsch nach Entfliehen für immer.

Und dann doch jedes Mal wieder die Überwindung des definitiven Fluchtgedankens. So war es damals gewesen, als sie sechzehn Jahre alt gewesen war und die Schlaftabletten geschluckt hatte. Es waren nicht genug gewesen. Sie hatte nicht sterben wollen. Diesmal, dachte sie, diesmal ist es anders. Sie putzte und fegte und ordnete. Alles sollte schön und harmonisch aussehen, wenn man sie fand. Sie machte sich einen Schwarztee, setzte sich mit der großen Tasse vor den Spiegel, betrachtete sich. Ihr junges, ebenmäßiges Gesicht, die schwarzen, in der Mitte gescheitelten langen Haare, die tiefblauen Augen, die geschwungenen Augenbrauen, die weiße makellose Haut. Der hübsche Busen und die schlanke Gestalt. Beneidet um ihr Aussehen, beneidet um vieles andere.

Sie sah sich im Zimmer um. Liebevoll glitten ihre Blicke über die edlen Schränke, die Sessel, das geschmackvolle Interieur. Alle würden nach Gründen suchen, denn man brauchte Gründe, um zu verstehen.

Finanzielle Not, eine tödliche Krankheit, Zwistigkeiten und Beziehungsprobleme. Sie lachte bitter auf. Diesmal gab es tatsächlich einen Grund, aber die anderen würden diesen Grund nie erfahren. Sie würde den Brief vernichten, bevor …

Wie gut, dass er nicht zuhause, sondern mit Miri zu den Großeltern gefahren war. Er würde nicht vor 22 Uhr abends zurück sein. Zeit genug. Zeit genug.

Miri. Es geht nicht, sagte sie sich, es geht wirklich nicht.

Man würde ihr das nie verzeihen. Einen Mann zu hinterlassen, ja. Aber ein Kind? Rabenmutter. Miri würde bei Friederike bleiben, die sich kümmerte, besser, als sie selbst es je hätte tun können. Friederike, die gefestigt und lebenstüchtig war. Ein Fels in der Brandung. Anders als sie, die flatterige, übersensible, labile Mutter.

Sie rückte näher an den Spiegel, strich sich über den glatten Hals, sah sich in die Augen, hielt ihrem Blick nicht stand. Schamröte überzog ihr Gesicht. Ihr Puls raste. Angst ergriff sie. Zeilen gingen durch ihren Kopf. Immer diese Dichterworte. Schon ihr Leben lang saugte sie Dichterworte auf, ließ sich von ihnen betäuben und manchmal auch leiten.

Fürcht' ich, dass frühem Tod mein Sein verfällt. John Keats schrieb dies, kurz bevor er mit 23 Jahren an der Schwindsucht starb, im

Glauben, er sei ein Versager. Wäre ich doch wie Friederike, ging es durch ihren Kopf. Viel leichter würde ich leben, müsste mich nicht mit dieser Sehnsucht quälen. Keats wollte nicht sterben, doch will ich es?

Sie stand auf und ging zum Fenster, schaute auf den Garten, der sich im Übergang vom Frühling in den Sommer befand. Die welkenden Tulpen machten schon den Sommerblumen Platz, ganz allmählich.

Es geht nicht, dachte sie. Es ist nicht nur wegen Miri unmöglich. Das andere wird sich richten lassen, wir müssen reden. Alles wird sich als ein Irrtum herausstellen. Wie kann ich einen anonymen Brief ernst nehmen? Eine böswillige Attacke auf unser Glück. Was soll sonst dahinterstecken?

Der schon in jungen Jahren so erfolgreiche Mann, die attraktive junge Frau und das niedliche Kind. Die kleine Villa mit den Designermöbeln, der parkähnliche Garten mit seiner Laube, den Rondellen und Pergolen. Eine Beziehung, die seit Schultagen bestand und bisher keine Eintrübung erfahren hatte.

Ein Brief, von Neidern geschrieben oder gar von einem Psychopathen oder einem, der sich nur einen dummen Scherz erlaubte.

Nein, ich werde es auch diesmal nicht tun. Nicht die Tabletten schlucken, die da oben in meinem Schreibsekretär bereitliegen.

Ich könnte keine andere Art wählen, um für immer zu gehen. Keine destruktive, selbstzerstörerische Methode. Der Sprung in die Tiefe, das Öffnen der Pulsadern. Sich erhängen, wie jammervoll. Enden wie die Schriftstellerin Virginia Woolf, die ihre Taschen mit schweren Steinen füllte und in die Fluten stieg?

Noch Schrecklicheres wollte sie sich nicht vorstellen und hielt wie schützend die Hände vors Gesicht.

Friedlich und sanft würde sie gehen. Sie ging langsam zum edlen weißen Sofa, strich ein Kissen glatt.

Ihre Gedanken gingen zu Virginia Woolf zurück. Sie hatte die gleiche Todesart gewählt wie Ophelia. Shakespeare, ach ja. Ich war ja Ophelia, damals. Und Julia war ich auch. War es nur ein Spiel? Ich weiß es selbst nicht mehr. Und ich bin ja auch feige, denn Feiglinge sind wir, wenn wir weiterleben. Wir haben Angst vor dem unbekannten Land, aus dem es keine Wiederkehr gibt. Shakespeare hat es gewusst. Seinem Hamlet hat er die Worte in den Mund gelegt.

So macht Gewissen Feige aus uns allen. Sein oder Nichtsein, das ist hier die Frage.

Aber ich möchte feige sein und stattdessen weiterleben. Und vielleicht wird ja alles wieder gut, alles war nur ein furchtbares Missverständnis. Sie ging zum Fenster zurück, schaute hinab auf ihren Garten. Sie strich eine dunkle Haarsträhne zurecht. Wie schön dieser frühlingshaft-sommerliche Garten war.

Es war Anfang Mai. Die Pfingstrosen begannen schon aufzublühen. Da konnte man doch nicht gehen. Aber es würde immer Gründe geben, nicht zu gehen. Noch mehr, nicht zu bleiben. Doch sie würde auch diesmal bleiben. Dazu war sie fest entschlossen, und alles würde gut werden. Alles gut. Das war eine Redewendung, die man neuerdings überall hörte. Es klang wie eine Beschwörungsformel.

Wie ein Mantra.

Sie gab sich einen Ruck, merkte jedoch zur gleichen Zeit, dass eine gewisse Müdigkeit sich in ihrem Körper ausbreitete. Sie hatte den Schwarztee zu lange ziehen lassen. Sie nahm die Teetasse von der Konsole vor dem Designerspiegel, um sie in die Küche zu tragen. Alles sollte ordentlich aussehen, wenn …

Aber nein. Sie hatte sich wie immer in ihren Krisen wieder im Griff. Da lag auch der hässliche Brief. Sie würde ihn nachher vernichten. Verbrennen. Ein letzter Blick in den Spiegel. Diesmal hielt sie ihrem forschenden Blick stand, musste sich nicht beschämt wegdrehen, verständnislos sich selbst gegenüber. War man wirklich feige, wenn man weiterleben wollte, meine Herren Shakespeare und Hamlet?

Da war damals diese Diskussion in der Schule gewesen. Im Englischunterricht. Da flogen die Fetzen. Und sie selbst hatte Hamlets These, hatte Shakespeare verteidigt.

»Alle Welt nennt Selbstmörder feige, aber es gehört doch viel Mut dazu, den letzten Schritt zu tun. Denn es gibt kein Zurück. Nur Sein oder Nichtsein, kein Zwischendrin.«

Nein, sie wollte nicht mehr darüber nachdenken. Ein Gefühl von Lebensgier ergriff sie plötzlich.

Das Kind. Die Beziehung, die uns irgendjemand nicht gönnt.

All dies war es wert, »feige« zu sein.

Etwas wie Trotz machte sich in ihrem Innern breit. Eine Art Kampfeslust. Es war Freude am Leben. Bereit sein, sich dem Konflikt zu stellen, der – vielleicht – auszufechten war. Sie trug die Tasse in die Küche, spülte sie aus, ging zurück ins Wohnzimmer, das sauber und rein blinkte. Dann räumte sie die Putzutensilien zusammen und ging zur Steintreppe, die noch ein wenig feucht und rutschig war. Sie konnte sich nicht am Geländer festhalten, weil sie in der einen Hand den Eimer mit dem Putzzeug, in der anderen den Wischmopp trug. Diese Steintreppe, dachte sie. Als Miri klein war, haben wir sie mit einem Türchen abgesichert.

Sie rutschte aus, stolperte, fiel in die Tiefe. Ein Gepolter und Klappern begleitete ihren Sturz. Ein stechender Schmerz in Hals, Brust, Rücken ließ sie aufschreien.

Wie absurd, dachte sie im Fallen. Ausgerechnet jetzt, wo ich leben möchte, muss ich sterben. Dichterworte gingen durch ihren Kopf. *Life is a tale, told by an idiot.* Im Englischunterricht damals war es gewesen. *Macbeth.* Die Schauspielgruppe. Das Leben. Leben wäre eine prima Alternative gewesen. Oder hatte Macbeth Recht, wenn er nihilistisch ausruft, dass das Leben nichts ist als ein Märchen, von einem Narren erzählt? Voll Klang und Wut, bedeutend aber: nichts?

Wir und unsere Shakespeare-Manie, dachte sie. Wir waren besessen davon. Berauscht. Wir wurden erwachsen, doch es gab jemanden, der nie erwachsen wurde. Sein Rausch wurde zur Obsession.

Ob er es war, der …?

Die Frage blieb unvollendet und vor allem unbeantwortet. Nur ein Fragezeichen tanzte auf und nieder vor den Augen der sterbenden jungen Frau.

Leben, dachte sie. Dann versank die Welt um sie herum in Dunkelheit.

Kapitel 2 | *Zeitungslektüre*

Charlotte Rapp stand am Fenster ihres »Pippi Langstrumpf-Häuschens«, wie sie ihr Zuhause mitten im Grünen gerne nannte.

Vom nahen Bauernhof hörte man das Brüllen einer kalbenden Kuh. Das ist der Preis der Idylle, dachte Charlotte. Die Not der Tiere bekam man hier im Dorf hautnah mit. Die Kälber, die zu früh von ihren Müttern getrennt wurden, damit die Milchwirtschaft für die Bauern rentabel war, das jammervolle Schreien der Muttertiere nach ihren Kindern, all dies registrierte sie nun, da sie Pensionärin war, noch intensiver als zuvor. Im hektischen Arbeitsprozess war ihr das kaum aufgefallen. Doch hätte sie woanders leben wollen als hier in diesem Dorf? Niemals. Charlotte strich sich energisch eine widerspenstige graublonde Locke aus der Stirn und setzte sich an den Frühstückstisch. Die kalbende Kuh war schon seit geraumer Zeit verstummt. Bestimmt leckte sie nun das Neugeborene mit ihrer rauen Zunge liebevoll ab. Charlotte schenkte sich eine Tasse starken Kaffees in die große Henkeltasse ein. Ohne Milch trank sie ihn neuerdings, um das Leid der Tiere nicht zu vermehren. Bei sich selbst musste man anfangen und im Kleinen, wollte man die Welt ein wenig besser machen. Aber nein, sie gab sich nicht der Illusion hin, die Welt besser machen zu können. Das hatte sie früher geglaubt. Die Welt war, was sie war, mit allem Schönen und Traurigen.

Es ist, wie es ist, das war einer von Bernhards Wahlsprüchen gewesen. Ach, wie sie Bernhard vermisste. Er war nun schon seit vier Jahren tot. Er, der nichts dem Zufall überließ, trotz seiner fatalistischen Sprüche, war durch einen Geisterfahrer umgekommen. Einen, der vielleicht nicht aus Versehen, sondern in selbstmörderischer Absicht die Autobahn in falscher Richtung befuhr. Die näheren Umstände wurden nie geklärt. Eventuell handelte es sich um einen »erweiterten Selbstmord«. So hieß es in der Gerichtsakte. Ein Amokfahrer. Zwischen Heidelberg und Dossenheim war das Unglück geschehen. Bernhard war auf dem Nachhauseweg in den Odenwald gewesen. Er kam von Heidelberg, wo er eine Auktion des Kunsthauses Metz besucht hatte. Charlottes Blick ging zur Wand mit den Kinderbildnissen, fast alles Geschenke von Bernhard. Zumeist Biedermeierkinder, in allen Größen und Techniken, vom kleinen Pastell und Aquarell zum großen Ölgemälde. Bernhard, der schöngeistige Naturwissenschaftler, ein »Widerspruch auf zwei Beinen«, wie Charlotte ihn manchmal zum Scherz nannte. Pragmatiker, Skeptiker, mit einem gewissen Hang zur Technokratie. Aber auch der Musikkenner und Kunstsammler, dem Schönen zugetan.

Dicht an dicht hingen die Kindergemälde, in sogenannter Petersburger Hängung. Zumeist Mädchen, aber auch einige Knabenbildnisse, oft mit Haustieren, Hunden und Katzen, oft mit Blumengebinden, Biedermeiersträußen.

Meine Ersatzkinder, dachte Charlotte. Wie auch meine Schüler meine Ersatzkinder waren. »Du wärst eine gute Mutter geworden«, sagte Bernhard einmal. »Aber es sollte nicht sein. Wir haben uns zu spät im Leben getroffen, du und ich.«

Ja, zu spät für Kinder, aber nicht spät genug, um all die herrlichen Dinge zu unternehmen. Konzerte, Besuche von Ausstellungen und Museen, von Antikmessen und Kunstauktionen. Kleine Reisen ins Elsass, nach Holland, nach Frankreich und England. Charlotte bestrich sich ein knuspriges Brötchen mit Sojabutter und Marmelade, schaute dabei gedankenverloren durch das Sprossenfenster.

Jener Novembertag vor vier Jahren stieg in ihrer Erinnerung auf. Es war ihr, als sei es erst gestern gewesen. Mit einem geheimnisvollen

Lächeln auf den Lippen hatte Bernhard ihr Arbeitszimmer betreten, wo sie gerade beim Korrigieren von Deutscharbeiten war. »Ich muss noch mal weg. Zum Auktionshaus Metz nach Heidelberg. Wünsch mir Glück für die Auktion. Da gibt es was für dich zum Ersteigern.«

»Dreimal darf ich raten. Ein Kinderbildnis?«, hatte Charlotte gefrotzelt.

»Könnte sein. Und bestimmt das schönste Kunstwerk in deiner bisherigen Sammlung. Komm her, lass dich noch einmal umarmen, bevor ich gehe.«

»Das klingt ja seltsam. Geradezu theatralisch. Wir wollen doch zusammen alt werden. Haben wir uns das nicht geschworen vor drei Jahren, als du dir einen Ruck gegeben hast und zu mir Landei gezogen bist? Als du deine Junggesellenwohnung in Heidelberg mit meinem Häuschen eingetauscht hast?«

»Ich liebe dich«, hatte er gesagt und sie lange und innig umarmt. Sie bekam jetzt noch eine Gänsehaut, wenn sie daran dachte. Ob er unterschwellig geahnt hatte, dieser rational bestimmte Mann, dass seine Zeit ablief?

»So, nun aber zurück an die Arbeit, Frau Lehrerin«, hatte er gelacht und sie sanft zum Schreibtisch hin geschubst. »Keine Drückebergerei vor den Aufsätzen mit den schrecklich vielen Fehlern.«

Er hatte sie gerne aufgezogen. Aber er hatte auch gut reden gehabt, der Physiker im Ruhestand. Er mochte Pädagogen nicht und er hatte, wie er gerne sagte, »seine Pädagogin nur aus Mitleid geheiratet«. Dafür rächte sich Charlotte, indem sie ihren Mädchennamen beibehielt. Die Option, den Doppelnamen Kirchhoff-Rapp anzunehmen, hatte sie als affig abgelehnt.

»Man ist emanzipiert oder man ist es nicht, das muss ich nicht durch einen Doppelnamen raushängen. Und alle kennen mich nun schon so lange als ›Charlotte Rapp‹. Und mein Kürzel will ich auch nicht ändern«, hatte sie trotzig gesagt. Das war das ausschlaggebende Argument gewesen.

Drei Tage nach Bernhards Tod wurde ein Riesenpaket für Charlotte geliefert. Es war das Gemälde, das Bernhard ersteigert hatte. Er habe Glück gehabt, es habe viele Bieter für das Gemälde gegeben, wie das Auktionshaus ihr mitteilte.

Das posthume Geschenk stand lange Zeit unbeachtet auf dem Speicher, in der hintersten Ecke von Charlottes Atelier. Doch eines Tages hängte sie es zu den anderen Kinderbildnissen. Ein sehr großes Pastellgemälde war es: ein Biedermeiermädchen – oder war es eher eine Puppe – saß steif auf einem Sofa und blickte aus riesengroßen samtbraunen Kulleraugen unendlich traurig den Betrachter an. Das blassblaue Kleid mit der Riesenschärpe, das Gesichtchen und das Interieur waren meisterlich gemalt. Das Bildnis trug die Signatur: *Cellard. 1866.*

Das Kind schien zu weinen, denn um die Augen herum war die Pastellkreide etwas verlaufen, vielleicht durch einen Wasserschaden beim Aufbewahren in der Vergangenheit. Ab und zu brachte Bernhard solch unvollkommene, schadhafte Bilder von Auktionen, denn die Kunstlehrerin Charlotte erprobte sich gerne am Restaurieren defekter Kunstwerke. Dieses Bildnis jedoch wollte Charlotte nicht restaurieren. Es erschien ihr geradezu symbolhaft die tragischen Umstände zu unterstreichen, die es in Charlottes Haus geführt hatten.

Die Unvollkommenheit des Gemäldes sorgte für den lebendigen Touch. So, als sei das dargestellte Kind fähig, Gefühle zu zeigen.

Ein Bildnis, das ein Eigenleben führt, dachte Charlotte. Ein wenig wie bei Oscar Wilde. *Das Bildnis des Dorian Gray.* Das Gemälde, das hässlicher und älter wird mit jeder weiteren Untat des Dargestellten, während dieser seine Schönheit und seine ewige Jugend behält.

»Lass dich noch einmal umarmen.« Diese letzten Worte Bernhards klangen in ihren Ohren nach. Als habe er geahnt, an jenem Nachmittag im November, dass da ein Mann dabei war, seinen

Selbstmord zu planen und dabei nicht nur sich, sondern auch andere mit in den Tod zu reißen.

Charlotte blickte zu dem Pastellgemälde hinüber. Das Mädchen mit den in Puppenart steif von sich gestreckten Beinen blickte Charlotte voller Trauer direkt ins Gesicht.

Sie schenkte sich eine zweite Tasse schwarzen Kaffees ein.

Seit vier Jahren lebe ich nun schon allein, dachte Charlotte, und seit einem Vierteljahr bin ich Frühpensionärin.

Nun begann die erste Schulstunde für ihre Kollegen am Edith-Stein-Gymnasium in Ruhstetten. Sie war noch ganz auf den Ablauf des Schulalltags programmiert. Der Stundenplan, die Pausenzeiten und die Rituale eines Schultags waren noch in ihrem Kopf. Eine Frühaufsteherin blieb sie sowieso. Zum Schulhalbjahr war sie in Vorruhestand gegangen. Seit der Herzoperation vor zwei Jahren war alles so beschwerlich geworden.

Sie erinnerte sich an die ernsten Worte ihres Kardiologen: »Wenn Ihnen die Schule so sehr am Herzen liegt, dann gehen Sie zurück ins Hamsterrad. Ich weiß, dass es sich immer schneller dreht bei den Bedingungen heutzutage. Meine Frau ist auch Lehrerin. Die vielen verhaltensgestörten Kinder heute, die Eltern, die ihre Kinder überfordern. Helikoptereltern, die jeden Schritt ihrer Kinder überwachen und die Pädagogen mit Argusaugen kontrollieren. Oder die anderen Eltern, die sich nicht um ihre Kinder kümmern wollen oder können und das Erziehen den Lehrern überlassen. Gehen Sie nur zurück, liebe Frau Rapp, aber dann ist der nächste Zusammenbruch vorprogrammiert. Wenn Ihnen Ihr Leben am Herzen liegt, dann rate ich Ihnen, aufzuhören.«

Sie war zurückgegangen, und der Rückfall hatte nicht lange auf sich warten lassen.

Eine Welle von Einsamkeit überkam sie plötzlich. Doch Charlotte neigte nicht zum Grübeln und zum Festhalten an negativen Gefühlen. Sie strich sich abermals eine widerspenstige graublonde Locke aus der Stirn.

Ich bin nicht einsam. Unsinn. Ich treffe mich weiterhin mit lieben Leuten aus dem Kollegium und solchen, die wie ich pensioniert sind. Ich habe Luna und Lakritze und Puck, dachte sie. Luna, die schwarze Katze mit dem lahmen Beinchen, räkelte sich auf dem Sofa und gähnte. Lakritze, ebenfalls pechschwarz, sprang flink zum Windsor chair, ihrem Lieblingsstuhl mit dem geblümten Kissen.

Charlotte tastete unterm Tisch nach Pucks Kopf. Der kleine Labradormischling schaute zu seiner Herrin hoch, wedelte erfreut mit dem Schwanz. Meine drei schwarzen Ungeheuer, dachte Charlotte. Ich bin nicht einsam.

Sie bestrich ein zweites Brötchen mit Honig aus der Provence.

Seit der Herzoperation musste Charlotte seltsamerweise nicht mehr auf ihre Linie achten wie früher. Eine positive Begleiterscheinung. Meine Güte, die Zeitung habe ich ganz vergessen. Charlotte eilte zum Briefkasten hinaus. Was wohl an diesem 4. Mai 2015 Neues zu erfahren wäre?

Die Ereignisse der großen Politik hatte Charlotte am Vorabend schon bei den Abendnachrichten erfahren. Doch nun las sie von einem Brandanschlag in einem Asylbewerberheim in Limburgerhof bei Ludwigshafen, das demnächst für 30 Personen beziehbar werden sollte. Auf der gleichen Seite das Foto einer Gruppe engagierter Weinheimer Bürger, die sich für Migranten einsetzten und dafür vom Bürgermeister belobigt wurden. Deutschland zwischen Pegida-Demos und Willkommenskultur. Da bahnt sich eine Kluft an, eine Zerrissenheit in unserer Gesellschaft, dachte Charlotte. Was kommt da auf uns zu?

Sieben Verletzte hatte es in Berlin bei Gewalttaten an Bahnhöfen und in einem Bus gegeben. Unter anderem hatte ein italienischer Tourist schwere Verletzungen erlitten, als drei Unbekannte den 23jährigen grundlos mit Reizgas besprühten und ihm gegen den Kopf traten. Ein Polizist, der privat unterwegs war, eilte einer Frau zu Hilfe, die sexuell belästigt wurde, und er wurde dabei vom Angreifer brutal niedergeschlagen.

In Tunis hatte sich die islamistische Terrormiliz IS zu einem Anschlag auf das tunesische Nationalmuseum bekannt, bei dem 23 Personen getötet worden waren. *Das ist der erste Tropfen eines Regengewitters,* hatten die Extremisten im Internet gedroht. Laut Auswärtigem Amt seien keine Deutschen unter den Opfern.

Ja toll, da bin ich aber erleichtert, dachte Charlotte süffisant und schüttelte den Kopf. Dann ist ja wirklich alles halb so schlimm.

Ruth Rendell, die »Queen of Crime«, deren psychologisch raffinierte Krimis Charlotte liebte, war im Alter von 85 Jahren gestorben. Am gleichen Tag wurde dafür eine kleine Prinzessin geboren: Charlotte, das zweite Kind von William und Kate.

Oh, schon wieder tritt ein neuer Comedian in Weinheim auf. Und in Bensheim einer dieser modischen Glücksgurus. Welche Freude wird er diesmal »dem Volke verkünden«?

Ein Ende von Frust. Stattdessen nur Lust. Kosmischer Sex, neue Wonnen und Ekstasen.

Wie schön, dachte Charlotte und kräuselte spöttisch die Lippen. Sie stellte sich das buntgemischte Publikum vor, das zu diesem vielversprechenden Vortrag eilen würde: Teenies, die einen letzten Rest an Aufklärung brauchten. Mittelalte Paare, deren Beziehung schal und träge geworden war. Alte Paare vielleicht, die sich noch einen Kick erhofften, bevor der Vorhang endgültig fiel. Da lobe ich mir meinen Kaffee, dachte Charlotte. Sie griff nach ihrer englischen Riesentasse mit den aufgedruckten Shakespeare-Zitaten.

Auch hier ging es um Liebe.

Love is merely a madness. My heart is ever at your service. There is no evil angel but love.

Die Tasse war ein Geschenk ihres Lieblings-Englischleistungskurses gewesen. Charlotte spürte, wie Nostalgie sie übermannte. Die Schule fehlte ihr, die Kollegen, die Schüler. Nicht alle, aber …

Sie vermisste auch den kleinen Pfad, der vom Lehrerparkplatz zum Schulhof führte, am malerischen Kirchpark mit der schönen Barockkirche und den alten Grabsteinen entlang.

Charlotte schüttelte sich. Keine Sentimentalitäten, Frau Rapp, sagte sie sich. Sie wandte sich wieder ihrer Zeitung zu und las sich an einem weiteren Bericht über den Absturz der German Wings-Maschine vom 24. März in den französischen Alpen fest. Nun hatte man bei der Auswertung des Flugschreibers noch eine weitere schreckliche Tatsache herausgefunden: Der Copilot hatte schon auf dem Flug nach Barcelona »den Ernstfall geprobt«, als der Pilot kurz den Cockpit verlassen hatte. Er testete dabei den Sinkflug, der dann beim Rückflug 149 Menschen, darunter eine Schüleraustauschgruppe aus Nordeutschland, in den Tod reißen sollte.

Nach dem Unglück war das Foto des unbeschwert wirkenden jungen Mannes in den Zeitungen erschienen, gesellig und sportlich. Jede Menge von Deutungsversuchen war in der Presse lautbar geworden, man sprach von *smiling depression* und von »erweitertem Selbstmord«, ähnlich einem Amoklauf.

Geradezu grotesk fand Charlotte die Bemühungen der Experten, diese schicksalhafte Katastrophe als vorhersehbar und dadurch vermeidbar hinzustellen. Meine Güte, die menschliche Seele barg nun mal Abgründe, und die vollkommene Sicherheit war eine Illusion. *Security is mankind's chiefest enemy*, das hatte doch schon Shakespeare gesagt. Und außerdem: Man kann doch keinem Menschen in den Kopf, noch weniger in die Seele sehen.

Da. Die Seite mit den Todesanzeigen. Charlotte, die eigentlich kein morbider Mensch war, hatte es sich angewöhnt, die Todesanzeigen zu studieren. Es hatte dieses Schlüsselerlebnis gegeben: Vor Jahren hatte sie einen Siebtklässler angefaucht, der ihren Deutschunterricht durch penetrantes Herumkaspern störte. Nach der Stunde hatte sie von einer Kollegin erfahren, dass die Schwester des Jungen vor wenigen Tagen gestorben war.

»Das stand doch in der Zeitung«, hatte die Kollegin gesagt, »und Benjamins Name stand in der Anzeige unter den Trauernden.«

Seither hatte Charlotte nie mehr die Todesanzeigen ausgelassen. Ich brauche das aber doch jetzt nicht mehr, dachte sie. Das belastet mich außerdem nur. Dennoch las sie, von einer unwillkürlichen Neugierde gepackt.

Heute war aber auch die geballte Tragik auf dieser Seite versammelt, abgesehen vom Tod einer uralten Frau. Sie war 105 Jahre alt geworden und wurde »nach einem erfüllten Leben« von fünf Kindern, zwölf Enkeln und siebzehn Urenkeln betrauert.

Charlottes Blick fiel auf die Todesanzeige einer Frau, die wohl an Krebs gestorben war: gekämpft bis zuletzt und doch verloren. Sie war nur 38 Jahre alt geworden und hinterließ drei kleine Kinder.

Und da war das Foto eines fröhlichen jungen Mannes auf einem schweren Motorrad, im Hintergrund das Schild *Route 66*: »Durch einen tragischen Unfall jäh aus dem Leben gerissen.«

Eine kleinere Todesanzeige, mit einem bunten Regenbogen geschmückt, ließ Charlotte nach Luft ringen.

Larissa Krehl

geb. 21. 3. 2014 gest. 28. 5. 2015

Das kleine Mädchen war gerade mal dreizehn Monate alt geworden. Es würde auf dem Sternchenfriedhof beigesetzt werden. Charlotte kamen die Tränen. Sie trauerte mit den ihr unbekannten Eltern, die ihr Kind verloren hatten.

Sie wollte die Zeitung aus der Hand legen, als eine weitere Todesanzeige, die sie beinahe übersehen hätte, ihre Aufmerksamkeit erregte. Es waren die Namen von zwei Hinterbliebenen, die ihr zuerst in die Augen sprangen: Florian Waltz und Friederike Bruckner.

Sie trauerten um Cornelia Waltz, geb. Bruckner.

geb. 9. 1. 1986 gest. 29. 4. 2015

Natürlich. Cornelia Bruckner. Obwohl kein Foto dieser Traueranzeige beigefügt war, stieg das Bild der Neunzehnjährigen, so wie sie sie gekannt hatte, vor Charlottes geistigem Auge auf. Cornelia, dunkelhaarig, groß und schlank, mit tiefblauen Augen. Ernst und verträumt, anders als die meisten Mädchen ihrer Generation, die immer gut drauf waren oder zumindest den Eindruck erweckten, es zu sein.

»Ophelia« hatte Charlotte sie heimlich bei sich genannt. Sie hatte ausgesehen wie die Ophelia auf dem gleichnamigen Jugendstil-Gemälde des englischen Malers William Waterhouse.

Charlotte las begierig die ganze Anzeige.

Sterben – Schlafen. Vielleicht auch träumen. (W. Shakespeare)

So plötzlich hat sie uns verlassen.

Meine über alles geliebte Frau, meine liebevolle Mama, unsere liebende Schwester, unsere liebe Schwiegertochter.

In tiefer Trauer

Florian Waltz mit Miranda

Friederike Bruckner

Timo Bruckner

Annerose und Dr. Herbert Bruckner

sowie alle Angehörigen

Von ihr verabschieden können sich alle, die sie liebten und achteten, am 7. Mai 2015 um 11 Uhr in der Friedhofskapelle Weinheim.

Charlotte war in Aufruhr. Florian und Cornelia. So hatten sie also geheiratet, die beiden. Florian, der Überfliegerschüler, der in allen Fächern 15 Punkte hatte und Cornelia, die Verträumte, die Künstlerische. Und sie hatten ein Kind bekommen, Miranda. Natürlich: Miranda, wie die Tochter des Prospero aus Shakespeares *Sturm*. Wie hätte eine Tochter von Florian und Cornelia auch anders heißen können? Rosalind vielleicht oder Beatrice, Hermia oder Helena.

Charlotte dachte an den Englischleistungskurs vor zehn Jahren. Es war ein Kurs wie keiner davor und keiner danach gewesen. So viele begabte, aber auch einige schwierige Schüler. Individualisten bis auf wenige Ausnahmen. Das Dreigestirn Cornelia-Florian-Alexander.

Charlotte sinnierte über der Formulierung der Todesanzeige:

So plötzlich hat sie uns verlassen.

Sie las das Shakespeare-Zitat laut, rief in den Raum, dass Puck, der auf dem Teppich lag, erschrocken zusammenzuckte: »Natürlich. Sie hat es endlich getan.«

Sie hatte nun den Mut gehabt, um es mit Cornelias eigenen Worten auszudrücken. Den Mut, den Schritt »ins unbekannte Land, aus dem es kein Zurück gibt« zu wagen. Julia hatte ihren Romeo bekommen, und doch: Die Rolle der Ophelia stand ihr besser zu Gesicht, entsprach ihrem innersten Wesen.

Charlotte ging die Namen der Hinterbliebenen noch einmal durch.

Friederike Bruckner, die ältere Schwester, war in Charlottes Deutschkurs gewesen. Sie war so ganz anders gewesen als ihre Schwester Cornelia. Ganz und gar nicht verträumt, sondern handfest und praktisch. Auch äußerlich waren die beiden Schwestern grundverschieden. Die Ältere neigte zum Molligen, zumindest hatte Charlotte so den Teenager Friederike Bruckner in Erinnerung. Dabei war sie resolut und selbstbewusst.

Timo Bruckner, der Bruder, war das älteste der drei Brucknerkinder. Sie kannte ihn von Vertretungsstunden her. Ein sehr gut aussehender, eher introvertierter Schüler, und dennoch war er als der Schwarm aller Schülerinnen des ESG allseits bekannt.

Annerose Bruckner. Charlottes Herz schlug schneller. Ihre Erinnerungen an diese Mutter waren eher negativer Art. Wie sie damals wie eine Furie aufgekreuzt war und Charlotte provoziert hatte.

Unnütze Gedanken habe Charlotte den Kindern eingegeben, gefährliche Schwärmerei in den jungen Seelen entfacht.

Und sie war an allem schuld, sie mit ihrer übermotivierten Lehrerinnenart. Wie immer, wenn sie erregt war, strich sich Charlotte energisch eine Locke aus der Stirn, warf trotzig den Kopf zurück. Sie faltete die Zeitung zusammen, legte sie in den Korb neben der Weichholzanrichte aus dem Elsass.

Arme Cornelia. Armer Florian. Und vor allem die arme kleine Miranda. Luna maunzte und sprang trotz ihres lahmen Beinchens flink vom Sofa, hinkte mit großer Schnelligkeit zur Terrassentür. Lakritze kam geschmeidig hinterher. Sie wollten auf Pirsch gehen. Puck unterm Tisch seufzte. Er fühlte sich bei seiner Herrin am wohlsten.

Charlotte ließ die beiden schwarzen Monsterlein nach draußen, ging zum Schränkchen mit den CDs. Sie nahm wahllos eine CD, legte sie auf. Mendelssohns *Sommernachtstraum* ertönte.

Shakespeare, immer wieder Shakespeare, dachte Charlotte. Ich komme nicht los von ihm.

Sie setzte sich an ihren Platz am Fenster, schaute hinaus. Der weiße Fliederbaum blühte dieses Jahr schöner als je zuvor, der Feuerdorn und der Busch mit den Schneeballen taten es ihm nach.

Jene Englischstunde kam Charlotte in den Sinn. Sie hatte dem 12er-Kurs Hamlets Monolog *To be or not to be* zum Diskutieren mitgebracht. Der Anlass war ein trauriger gewesen: der Suizid eines Schülers aus dem Abi-Jahrgang. Alle waren völlig schockiert gewesen. Kurz vor der mündlichen Abiturprüfung hatte sich der junge Mann in der Schultoilette erschossen. Man suchte nach Erklärungen, aber es gab keine. Der Schüler, Felix Kleist, war gutaussehend gewesen, ein Einser-Abitur stand ihm bevor. Charlotte war in der Unterstufe für zwei Jahre seine Klassenlehrerin gewesen. Er war damals ein hochintelligentes und dabei fröhliches Kind. Sein Freundeskreis war groß, er hatte eine feste Freundin gehabt, wie man hörte. Es gab anscheinend überhaupt keinen Grund für diesen jungen Mann aus einem sehr harmonischen Elternhaus, sich das Leben zu nehmen. Es gab keine Anzeichen für irgendeine Krankheit oder Konflikte.

Da waren die unvermeidlichen dummen Gerüchte: Felix Kleist sei heimlich spielsüchtig gewesen. Drogensüchtig. Alle diese Vermutungen stellten sich als Hirngespinste heraus, als böse Verleumdungen.

Charlotte ließ jene Diskussion von damals Revue passieren. Ganz plastisch stand die Szene vor ihren Augen, als sei es gestern gewesen.

»Selbstmörder sind Feiglinge«, sagten die einen.

»Nein, im Gegenteil, sie sind mutig. Diejenigen, die *den Schritt ins unbekannte Land, aus dem es keine Wiederkehr gibt*, wie

Shakespeare den Hamlet sagen lässt, nicht wagen, sondern lieber am Leben festhalten, das sind die wahren Feiglinge. Hier steht es doch schwarz auf weiß.«

Cornelia war es gewesen, die am heftigsten debattierte und die wesentliche Aussage des Hamlet-Monologs erkannte. Sie trat eine erbitterte Diskussion los.

Das »Selbstmörder sind Feiglinge«-Lager trat aggressiv auf, und plötzlich stand Cornelia auf, rief: »Ihr habt ja alle keine Ahnung, was es heißt, sterben zu wollen. Es ist nicht so leicht. Habt ihr eigentlich kein Mitleid mit Felix?«

Sie rannte aus dem Klassenzimmer.

Charlotte bat den Kurs um Verständnis. Sie musste hinterhergehen. Cornelia zurückholen. Aber sie kam schon wieder zur Tür herein, schritt ruhig und voller Würde zu ihrem Platz zurück.

»Cornelia hat erfasst, was Shakespeare uns sagen wollte«, sagte Charlotte. Und zu Cornelia gewandt: »Schön, dass du zurückgekommen bist.«

»Ich komme immer wieder zurück.«

Diese mysteriöse Antwort des Mädchens fiel Charlotte nun ein.

Sie hatte die Doppelstunde damals mit einem friedlichen Kompromiss beenden und den Großteil ihres Kurses davon überzeugen können, dass Shakespeare tatsächlich ein genialer Dichter gewesen war. Wie sonst hätte er seinem Hamlet solch ketzerische Worte in den Mund legen können? Er riskierte doch zu der damaligen Zeit, auf den Scheiterhaufen gezerrt zu werden. Vor 400 Jahren, einer Zeit, wo die Allmacht der Kirche den Selbstmord zu einer Todsünde erklärte, wo Selbstmörder als Teufel in Menschengestalt angesehen und sogar deren Familien aus der sozialen Gemeinschaft ausgestoßen und wie Aussätzige behandelt worden waren, gehörte schon sehr viel Mut dazu, sich der allgemein herrschenden Meinung entgegenzustellen.

Und bald danach begann die Shakespeare-Manie, dachte Charlotte. Und ich war zuerst stolz darauf, die Schüler so wunderbar motiviert zu haben. Dann kamen mir allmählich die Zweifel. Und nun muss ich mich fragen, ob ich eine Mitschuld trage.

Pension. Wohlverdienter Ruhestand. Welche Illusion. War es ein Fehler, dem ärztlichen Rat zu folgen und nach meiner Herzoperation den Vorruhestand zu beantragen? Mit allen finanziellen Abstrichen. Doch das war nicht wesentlich, ich bin nicht anspruchsvoll, muss auch ohne die volle Pension nicht am Hungertuch nagen. Weite, kostspielige Reisen reizen mich nicht im Geringsten. Und ich habe das Heidelberger Haus von Tante Hedwig, das ich nach ihrem Tod mit großem Gewinn verkaufen konnte und Bernhards alte Wohnung in der Von-der-Tann-Straße, die wir vermietet haben.

*Es gibt mehr zwischen Himmel und Erde, als unsere Menschenweisheit sich träumen läs*st, sagt Hamlet zu seinem Freund Horatio.

Auch Bernhard hatte ab und zu einsehen müssen, dass dieser Spruch seine Berechtigung hatte. Damals, als Florian, Cornelia und Alexander diesen Club gründeten, diesen *Shakespeare and Company-Club*, hatte Bernhard sie ausgelacht: »Du glaubst doch selbst nicht, dass Jugendliche, bei denen die Hormone allmächtig walten, sich zusammentun und Gedichte und Literarisches rezitieren? Und das in unserer heutigen Zeit?«

Doch der Club war keine Fiktion gewesen. Und beinahe wäre damals alles aus dem Ruder gelaufen.

Die Abschlussfahrt nach England damals. Nicht daran denken, befahl sich Charlotte. Ihre Schuld. Ihr Versagen. Oder doch nicht?

Mendelssohns Musik verstärkte unterschwellig die Erinnerung an damals. Brüsk erhob sie sich von ihrem Windsor chair, räumte den Frühstückstisch ab. Die englische Standuhr zeigte schon auf Viertel nach neun. Sie würde einkaufen gehen und sich ablenken, danach die Wohnung putzen. Mit Puck einen langen Spaziergang machen.

Charlotte nahm ihren Wochenplaner zur Hand. Wie lächerlich. Brauchten Pensionäre einen Terminkalender?

Sie nahm einen Stift und trug bei Donnerstag, 7. Mai, ein:
11 Uhr Beisetzung von Cornelia.

Dann ging sie zur Terrassentür, öffnete sie. Luna und Lakritze, von kurzer Pirsch zurück, schlüpften an ihren Beinen entlang und begaben sich majestätisch zum Sofa.

Charlotte sog den Duft der Blütendüfte ein, die vom Garten zu ihr hochstiegen. Der Jasminstrauch verströmte den intensivsten Duft, süßlich und morbide. Die Azaleen und Rhododendronbüsche in Lila und zartem Rosa ließen Gedanken an England hochkommen. Chatsworth House. An Chatsworth House wollte sie lieber nicht denken.

Ich glaube, ich putze lieber, bevor ich zum Einkaufen gehe, dachte sie. Viel ist heute nicht zu tun.

Mit einem Blick auf ihre neu gepflanzten Töpfe mit Elfenspiegel und Konfettiblumen ging sie zurück ins Wohnzimmer.

Sie legte eine neue CD ein.

Es waren die *Slavic Arias*, interpretiert von der Sopranistin Krassimira Stoyanova. Seit dem Konzert im Rokokotheater im Rahmen der Schwetzinger Festspiele neulich war diese wundervolle bulgarische Sängerin ihr erkorener Liebling geworden.

Charlotte gehörte bewusst nicht zu der Gruppe moderner Zeitgenossen, die vor einer Theatervorstellung im Internet nachschauen müssen, wo genau sie sitzen werden und was genau sie erwartete. Überraschungen gehörten doch zum Leben dazu. Diese Sängerin war eine dieser Überraschungen gewesen und eine Offenbarung dazu.

Liebreizend und dabei doch voller Glut, hatte ein Musikkritiker sehr treffend die Sängerin beschrieben.

Wie schade, dass Bernhard nicht mit dabei war an dem schönen Frühlingsabend vor einer Woche. Die lila Fliederbüsche blühten dichtgedrängt und verbreiteten ihren Duft. Bernhard hätte spätestens bei der Vertonung von Theodor Storms *Die Nachtigall* ihre Hand in die seine genommen und während des Vortrags, der frei von Sentimentalitäten war und doch so ergreifend, zu ihr herübergelächelt.

Krassimira Stoyanova sang gerade die Briefszene der Tatjana aus Tschaikovskys Oper *Eugen Onegin*, doch Puck begann ungeduldig zu winseln, denn er musste nach draußen gelassen werden. Keine Zeit zum Träumen. Schade.

Sie nahm die Hundeleine und führte Puck, der verrückte Freudentänze aufführte und vor Begeisterung in die Leine biss, hinunter in den Garten. Der längere Spaziergang würde später kommen. Nach dem Einkaufen.

Ihr Blick fiel auf die andere CD, die sie in der Pause im Rokokotheater gekauft hatte, die CD zum Liederabend.

Ein Lied geht noch, dachte Charlotte, bevor ich zum Einkaufen losdüse.

Es erklang die Vertonung des Rilke-Gedichts *Traumgekrönt*:

Das war der Tag der weißen Chrysanthemen,
Mir bangte fast vor seiner Pracht,
Und dann, dann kamst du mir die Seele nehmen
Tief in der Nacht.

Das hätte Bernhard am besten gefallen, dieses Lied, dachte Charlotte.

Bevor sie vollends in Nostalgie verfallen konnte, stellte sie mit einem Ruck die Musik ab und fuhr nach Birkenbach zum Supermarkt.

Kapitel 3 | *Ein Abschied*

Am Morgen des 7. Mai zögerte Charlotte eine Weile, bevor sie sich ihr schwarzes Hosenkostüm anzog und die schwarzen Pumps. War die Beerdigung eigentlich nicht für den engsten Familienkreis vorgesehen? Wie würde man ihr Erscheinen aufnehmen? Sie überflog noch einmal die Todesanzeige. Alle, die von Cornelia Waltz Abschied nehmen wollten, waren herzlich dazu eingeladen.

Und Charlotte wollte unbedingt von dieser jungen Frau Abschied nehmen, die in den vielen Berufsjahren wie kaum eine Schülerin zuvor bei ihr einen solch starken Eindruck hinterlassen hatte. Ihr eigenes Leben war durch dieses Mädchen tangiert worden. Sie beeilte sich nun, denn ihr Zögern hatte sie schon zu viel Zeit gekostet.

Als sie in der Friedhofskapelle ankam, waren schon alle Plätze besetzt. Viele Menschen wollten sich von Cornelia verabschieden. Charlotte nahm, obwohl sie bei Beerdigungen meist zu Boden blickte, weil sie sich sonst so voyeuristisch fühlte, dennoch ganz vage einige junge Erwachsene wahr, in denen sie Mitschüler aus Cornelias Jahrgang wiedererkannte. Zehn Jahre älter. Aus Teenagern waren gestandene Leute geworden. Beinahe alle wirkten gesetzter und reifer, nur wenige sahen fast unverändert aus. Charlottes fotografisches Gedächtnis war oft Gegenstand von Bernhards Spötteleien gewesen. Wenn Charlotte zum Beispiel in einem Restaurant am Nachbartisch oder mitten auf der Straße einen mittelalten Mann mit Glatze und Bauch als den »Björn Schmitt«

ansprach, der vor dreißig Jahren bei ihr im Englischunterricht gewesen war.

Dort drüben, die schicke Blondine, die gerade in der letzten Bank Platz nahm, war das nicht Bettina Jakob aus dem Englischleistungskurs? Damals war sie schon ein Modepüppchen gewesen, wenn auch weniger üppig als heute. Als 15jährige, in Charlottes Kunstklasse in der Mittelstufe, hatte sie schon von Modelambitionen gesprochen. Cornelia und Bettina waren zeitweise mal Freundinnen gewesen, und Charlotte hatte sich immer gewundert, wie diese beiden unterschiedlichen Mädchentypen miteinander auskommen konnten. Die Attraktion der Gegensätze war schon ein seltsames Phänomen. Bettina warf einen kurzen Blick auf ihr Smartphone, bevor sie es ausschaltete. Ein Schild am Eingang der Friedhofskapelle forderte dazu auf. Bettina war die Erste gewesen, die mit einem Handy in der Farbe Babyrosa, damals noch eine Seltenheit, im Unterricht aufgekreuzt war und es schmollend an Charlotte abgab, die es vorläufig beschlagnahmte. Bettina schien ihr das nie verziehen zu haben, und Charlotte hatte sich gewundert, als sie auf einmal Bettina Jakobs Name in der Teilnehmerliste ihres Englischkurses der Oberstufe entdeckte. Vielleicht hatte sie keine andere Wahl gehabt. Bettina warf kokett den hübschen Kopf mit der aparten Hochsteckfrisur in den Nacken, schaute dabei rasch um sich, ohne Charlotte zu erkennen, die hinter einem Pfeiler stand. Wie gut ihr Schwarz steht, dachte Charlotte. War Bettina Jakob deshalb zur Beerdigung gekommen, weil sie gerne schwarz trug? Sie war doch schon längst nicht mehr Cornelias Freundin gewesen, schon in den letzten Schuljahren nicht. Charlotte merkte, wie jemand zu ihr herübersah. Er nickte kurz grüßend zu ihr hin und schaute wieder weg. War das nicht Alexander Koch? Alexander, der beste Freund von Florian Waltz und derjenige, der damals vielleicht Cornelias Retter gewesen war.

Er war noch attraktiver geworden. Ein richtiger Mann eben. Mit neunzehn sind sie zwar volljährig, aber trotzdem noch halbe

Kinder. Das merkt man erst, wenn man ihnen später wieder begegnet. Alexander nahm seine Brille ab, wischte sich verstohlen über die Augen. Damals trug er noch keine Brille, dachte Charlotte. Was wohl aus ihm geworden ist? Die intellektuelle Ausstrahlung war ihm schon als Schüler zu eigen gewesen. Er könnte Arzt geworden sein, vielleicht Kinderarzt. Er war so sensibel und mitfühlend. So einfühlsam. Psychologe? In seinen Englischaufsätzen war dies immer so deutlich zum Vorschein gekommen, das Altruistische.

»Koch, der Retter der Menschheit, der Rächer der Enterbten.«

So hatte ihn Tristan Juhnke, der Clown und Zyniker des Kurses, einmal genannt.

Bettina Jakob hielt wieder ihr Smartphone in der Hand und wischte. Die Frau, die neben ihr saß, machte sie darauf aufmerksam, dass das hier nicht erlaubt war. Bettina Jakob verzog das Gesicht, schmollend. Typisch, dachte Charlotte, die Menschen ändern sich nicht. Aber welche Gedanken gehen in meinem Kopf herum? Ich bin auf einer Beerdigung, auf einer ganz besonders tragischen dazu.

Die Orgel setzte ein. Das *Largo* von Händel. Ganz konventionell. Sie hatte es anders erwartet. Ein Lied von Jimi Hendrix, Jim Morrison, Janis Choplin? Cornelias Musikgeschmack war »retro« gewesen. Auch das hatte Tristan Juhnke einmal frotzelnd bemerkt. Wo war Juhnke eigentlich? Sie sah ihn nirgends in der Menschenmenge.

Cornelias Sarg war schneeweiß und über und über mit einem kunstvollen Gebinde aus weißen Lilien bedeckt. Vergissmeinnicht, Maßlieb, Raute, Rosmarin, Kuckucksblumen, Akelei, Fenchel und Hahnenfuß hätten besser gepasst, dachte Charlotte: die Blumen, mit denen Ophelia sich bekränzte, bevor sie ins Wasser stieg.

Eine junge attraktive Pfarrerin, die sich während der Predigt ab und zu die langen dunklen Haare aus der Stirn strich, hielt eine Predigt, die sehr persönlich, aber ohne Schwulst war und Charlotte gut gefiel. Die Rednerin sprach von einem »tragischen Unfall«, und Charlotte wurde mit einem Mal bewusst, dass ihre Suizidvermutung nichts als Spekulation war. Sie kannte die Umstände, die zu Cornelias Tod geführt hatten, überhaupt nicht.

Sterben – Schlafen. Vielleicht auch träumen. Das musste doch kein Hinweis auf Selbstmord sein, nur weil Hamlet in seinem Sein oder Nichtsein-Monolog ausgiebig darüber sinniert. Das Shakespeare-Zitat passte einfach zu Cornelia, zu ihrer Begeisterung für den großen Dichter. Diese Begeisterung war ein Teil von Cornelia gewesen, zeitweise sogar eine Obsession. Nichts war naheliegender, als für die Todesanzeige ein Zitat ihres Lieblingsdichters auszuwählen. Eine helle Mittagssonne schien durch die bunten Glasfenster der kunstvollen Friedhofskapelle, die um 1900 erbaut worden war. Die Strahlen brachten die Lilien, die üppig den Sarg schmückten, zum Leuchten. Die geballte Symbolik der Farbe Weiß, beinahe unerträglich, dachte Charlotte.

Ein Sarg, keine Urne. Warum berührten herkömmliche Begräbnisse mehr als Urnenbeisetzungen? Charlotte kannte die Antwort, wollte aber nicht weiter darüber nachdenken. Doch unwillkürlich stellte sie sich die junge Frau vor, die da vorne in dem geschmückten Sarg lag. Eine Art Schneewittchensarg, wenn auch nicht gläsern. Nein. Es war Ophelias Sarg.

Und ein Bild, das sie im Lauf der Jahre erfolgreich aus ihrem Gedächtnis verdrängt hatte, stieg nun mit aller Wucht in ihr auf.

Eine Mädchengestalt, über und über mit einfachen Blumen bedeckt, die im Wasser trieb.

Die Trauergemeinde stimmte ein Lied an, auch dieses wieder konventionell: *So nimm denn meine Hände.* War Cornelia gläubig gewesen? Soweit Charlotte sich erinnerte, hatte sie damals, bei der angeheizten Hamlet-Diskussion, einige deutlich antiklerikale Bemerkungen fallen lassen.

Die Familie der Verstorbenen in der ersten Reihe war Charlottes Blicken verborgen, denn vor ihr saßen oder standen viele

Trauergäste. Das war auch gut so. Mehr als einen ganz kurzen Blick auf die trauernde Familie Cornelias würde Charlotte nicht wagen.

Auf keinen Fall würde sie am Grab der Familie kondolieren. Direkt vor Charlotte stand ein junges Paar. Charlotte erkannte in ihnen zwei Ehemalige aus einem Deutschkurs wieder. Keinen einzigen Kollegen konnte Cornelia entdecken. Aber die waren ja alle im Unterricht, nun um die Mittagszeit. Dort drüben erkannte sie einen Kollegen, der vor ihr pensioniert worden war. Es war Gregor Paul, Cornelias Deutschlehrer und ihr Tutor. Einer der sympathischsten Lehrer und einer der beliebtesten bei Schülern und Kollegen. Seine ausgleichende Art hatte so manche Wogen geglättet bei hitzig geführten Schulkonferenzen. Er leitete die Schauspiel-AG, und er war auch damals in Kenntnis gesetzt worden über den Vorfall in England. Er hatte ursprünglich als ihr Begleiter mitfahren sollen, doch er war schwer erkrankt und bald danach in den Ruhestand versetzt worden.

Wie Charlotte ein großer Verehrer Shakespeares, gingen auf Gregor Pauls Konto unvergessliche Inszenierungen von Stücken des englischen Dichters. *Romeo und Julia. Ein Sommernachtstraum. Hamlet. Othello.*

Alexander Koch, Cornelia Bruckner und Florian Waltz waren seine Hauptdarsteller gewesen. Und Tristan Juhnke, der unter anderem den Polonius spielte, den Mercutio und den Puck. Komische Rollen waren ihm auf den Leib geschrieben. Ein Vollblutkomödiant privat und auf der Bühne. Nein, sie sah ihn nicht. Aber nein. Wieso auch?

Warum gingen ihre Gedanken nur immer wieder zurück zu jener unheilvollen Kursfahrt? Warum diese Bilder von Chatsworth? Edensor? Sie hätte nicht kommen dürfen. Sie hätte Schelte von ihrem Arzt bekommen: »Sie müssen sich schonen, Frau Rapp, wenn Sie noch ein paar Jährchen auf dieser Erde rumlaufen wollen.«

Und ob sie wollte. Ihr Lebenshunger hatte sich verstärkt nach dem Herzkollaps vor zwei Jahren, erst recht nach der OP und dem knappen Entrinnen. Sie war dem Tod noch einmal von der Schippe gesprungen, und sie wollte eigentlich so bald nicht mehr mit dieser Erfahrung konfrontiert werden. Und doch. Der Tod war ein Teil des Lebens, man musste ihn akzeptieren für sich und andere. Die Orgel begann zu spielen. Es war das Stück aus dem *Sommernachtstraum*, das gerne zu Hochzeiten gespielt wurde. Mendelssohn. Charlotte bekam eine Gänsehaut und erschrak. Sie hatte gedankenverloren daheim das gleiche Musikstück aufgelegt. Die Orgel verstummte. Die Trauergäste erhoben sich. Einige Menschen räusperten sich. Charlottes Herz klopfte laut. Sie meinte, die neben ihr Stehenden könnten es hören.

Nun kam der schwerste Teil der Zeremonie. Der weiße Sarg mit dem Lilienschmuck wurde rumpelnd aus der Friedhofskapelle gefahren, und plötzlich entrang sich ein leises Schluchzen Charlottes Brust. Sie schämte sich ihrer Tränen nicht, als ein ganz kurzer Blick die drei Menschen traf, die unmittelbar hinter dem Sarg hergingen: da waren Florian Waltz, groß und blond, und die ebenfalls blonde Friederike Bruckner. Der Ehemann und die Schwester der Verstorbenen. Das kleine Mädchen in ihrer Mitte fasste den Vater und die Tante an den Händen.

Das Kind war etwa vier oder fünf Jahre alt. Die kleine Miranda. Dunkelhaarig wie die Mutter, in einem dunkelblauen Kleidchen mit weißem Spitzenkragen. Die großen Augen der Kleinen blickten eher verwundert und neugierig als traurig aus dem zarten Kindergesicht.

Charlotte biss sich krampfhaft auf die Lippen, drehte den Kopf weg.

Langsam reihte sie sich in den Trauerzug ein, stellte sich ganz hinten unter die Weide neben der protzigen Grabstätte einer der angesehensten Familien der Stadt. Nur nicht hinübergucken, befahl sie sich. Nur nicht hinsehen zu Florian, Friederike und zur kleinen Miranda. Doch unwillkürlich glitt ihr Blick zum offenen Grab, wo die junge Pfarrerin im schwarzen Talar und Beffchen mit erhobenen Händen die Aussegnung vornahm. *Erde zu Erde, Asche zu Asche, Staub zu Staub.*

Und sie hatte diesmal nicht den Ehemann, die Schwester und das Kind der Verstorbenen im Blickfeld, sondern ihre Eltern und den Bruder. Charlotte hätte Timo Bruckner, Cornelias älteren Bruder, beinahe nicht wiedererkannt, so sehr hatte er sich in all den Jahren verändert. Ganz aufgedunsen und geradezu kaputt sah er aus, und er war doch einmal ein solch blendend aussehender Mädchenschwarm gewesen, mit seinen schwarzen Haaren, dem südländisch anmutenden Gesicht und der sportlichen Figur. Doch der, der seine Mutter am Arm nahm, war ein vorzeitig gealterter Latin Lover-Typ, und das mit nicht ganz 40 Jahren. Der herrische Ausdruck im Gesicht von Annerose Bruckner schien sich während der letzten zehn oder elf Jahre noch mehr verschärft zu haben. Sie wirkte wie versteinert mit ihrer undurchdringlichen Miene.

Nie würde Charlotte vergessen, wie Cornelias hysterische und kontrollsüchtige Mutter damals nach der Kursfahrt bei ihr zuhause Sturm geläutet hatte und in ihr Haus gestürzt war und sie angeschrien und ihr angedroht hatte, »alles publik zu machen« und »dafür zu sorgen, dass sie keine Seelen mehr einfangen würde«. Und sie mache Schluss mit der Anstiftung zu einem solchen Unfug wie dieser »Literatursekte«.

Sie hatte ihre Drohungen nicht wahrgemacht, wohl auch zum Selbstschutz, was das Ansehen Cornelias betraf. Cornelias Vater, Dr. Bruckner, meldete sich noch am gleichen Abend bei Charlotte und entschuldigte sich für die Überreaktion seiner Frau. Er wisse als Jurist, dass der Fall nicht justiziabel war. Eine pubertäre Entgleisung, für die sie, Frau Rapp, keinerlei Verantwortung tragen könne. Dr. Herbert Bruckner stand da vorne neben seiner statuesken Frau, gebeugt und sehr gealtert. Er und Charlotte waren damals in einem nochmaligen Gespräch, das auf beiden Seiten sehr sachlich geführt wurde, übereingekommen, dass eine psychologische Betreuung der Tochter unumgänglich sei. Und dies trotz des heftigen Widerstands von Annerose Bruckner, die, wie ihr Mann sie zitierte, nichts von Seelenklempnern hielt, schon gar nicht für ihre Tochter.

Dr. Bruckner hatte diesmal die Oberhand gegenüber seiner herrischen Frau behalten. Cornelia, die nach der Therapie gefestigt schien, konnte ein gutes Abitur ablegen. Einmal gab es kurz nach dem bestandenen Abi einen Telefonanruf von Cornelia, wo sie sich bei ihrer Lehrerin bedankte und mit den seltsamen Worten schloss: »Vorerst ist alles wieder gut, aber für immer wird nichts gut sein. Das kann mir niemand wegtherapieren, das dunkle Etwas in meiner Seele. Es kommt und geht, und ich kann nichts dagegen tun. Aber danke, Frau Rapp, dass Sie versucht haben, mich zu verstehen. Die meisten tun das nicht, und ich kann das dunkle Etwas in mir drin keinem erklären. Bei Ihnen habe ich immer das Gefühl gehabt, Sie verstehen mich, ohne eine Erklärung zu verlangen wie die anderen.«

Charlotte dachte an all das, während die Trauergäste begannen, nach und nach mit der bereitgelegten Schippe Erde auf Cornelias Sarg zu werfen.

Wenn alles vorbei ist, in ein paar Tagen vielleicht, komme ich und lege ihr einen Wiesenstrauß aufs Grab, dachte Charlotte. Hahnenfuß, Akelei, Vergissmeinnicht für Ophelia.

»Ja, da ist sie nun Würmerfraß«, flüsterte eine Männerstimme hinter Charlotte. Die Worte des Mercutio, ging es durch Charlottes Kopf.

Sie haben Würmerspeise aus mir gemacht, sagt Romeos Freund, als er, im Zweikampf mit Tybalt Capulet, Julias Cousin, tödlich verwundet herumwankt und ihn keiner ernst nimmt. Erst als er, der ewige Spaßmacher, tot am Boden liegt, merken die Freunde, dass er diesmal nicht geblödelt hat.

Erschrocken blickte sich Charlotte um und sah ins Gesicht von Tristan Juhnke, dem Kursclown, dem Komödianten im Leben wie im Spiel.

Mercutio, Puck, Polonius. Sie fand keine Worte. Sein blasses Gesicht mit den leicht hervortretenden Augen näherte sich dem ihren, und er flüsterte: »*Teacher, leave them kids alone.*«

»Tristan, haben Sie mich erschreckt«, erwiderte Charlotte, als sie sich gefasst hatte.

Doch er zitierte noch einmal flüsternd die Zeile aus dem Pink-Floyd-Song *The Wall.*

»Ich habe euch Schüler immer in Ruhe gelassen, wenn ihr das gewollt habt«, entgegnete Charlotte ruhig. »Ich habe mich nie aufgedrängt. Nichts lag mir ferner, als euch zu beherrschen.«

Tristan lachte ironisch, murmelte beschwichtigend »alles gut« und zog sich in fast kriecherischer Pose zurück. Aus den Augenwinkeln sah Charlotte, wie er auf Bettina Jakob und Alexander Koch zuging, die einige Meter von ihr entfernt standen und sich unterhielten. Doch die beiden ignorierten den ehemaligen Kurskameraden. Alexander mit einem Achselzucken, Bettina mit einer wegwerfenden Handbewegung und arrogantem Gesichtsausdruck. Tristan Juhnke schlenderte, als sei nichts gewesen, dem Ausgang zu, ohne sich umzudrehen. Seine Haltung war gebückt wie die eines alten Mannes.

Was aus ihm wohl geworden ist, fragte sich Charlotte, doch sie wusste keine Antwort. Ihr Herz klopfte wie rasend. Kein gutes Zeichen. Sie sollte Aufregung vermeiden. Ihr Arzt hatte gut reden.

Die Menge der Trauergäste hatte sich aufgelöst. Alle strebten dem Parkplatz zu.

»Frau Rapp?« Charlotte erschrak unwillkürlich, noch ganz unter dem Eindruck der unerfreulichen Szene. War Tristan Juhnke etwa zurückgekommen, um sie weiter zu belästigen? Doch diese Männerstimme war angenehm und nicht zischend wie die ihres ehemaligen Schülers.

Ein Mann kam auf Charlotte zu. Er war nur wenig älter als sie selbst. Anfang bis Mitte 60.

»Herr Hauptkommissar? Hauptkommissar Guldner?«

Charlotte konnte ihr großes Erstaunen nicht verbergen.

»Wie schön, Sie wiederzusehen. Wenn auch der Anlass so traurig ist. Dass ich Sie wiedersehe. Nach all den Jahren.«

»Ja, es sind acht Jahre her. Der Fall mit dem armen gemobbten und getöteten Mädchen.«

»Lisa Bredow. Ein tragischer Fall, wirklich. Und nun noch so ein tragischer Fall. Ein Unfall, hat die Pfarrerin gesagt. Ich habe auf Selbstmord getippt. Ich kenne die Umstände aber nicht, ehrlich gesagt.«

»Selbstmord?« Hauptkommissar Guldner sagte es seltsam verwundert mit einem merkwürdigen Anflug von Lächeln. »Nein. Keiner stößt sich selbst die Treppe hinunter. Dann doch eher ein Unfall.«

Charlotte war der zweifelnde Ton in Guldners Stimme nicht entgangen.

»Kein Suizid. Das ist mir nun klar. Ich und meine voreilige Spekulation. Aber auch kein Unfall? Das kann nur heißen …«

»Ja, warum wäre ich sonst hier? Im Kommissariat ist ein anonymer Brief eingegangen. Heute Morgen erst. Wir konnten die Beerdigung nicht stoppen, aber wir können …«

»Eine Autopsie beantragen?«

»Ja. Mal sehen. Wir wollten kein unnötiges Aufsehen erregen. Ich bin mehr oder weniger inkognito hier und bei den vielen Leuten bin ich ja nicht aufgefallen. Keiner weiß, dass ich von der Kripo bin. Aber ich wollte einfach nur mal hier sein als stiller Beobachter.«

»Wie Hamlet? Er beobachtet, handelt aber nicht«, rutschte es Charlotte heraus.

»Ja, ein wenig wie beim Spiel im Spiel. Hamlet beobachtet die Verdächtigen, registriert ihre Reaktionen, bevor er zur Tat schreitet. Er braucht Beweise.«

»Oh, ein Polizist, der sich bei Shakespeare auskennt?« Charlotte war überrascht. »Sorry. Das war nun wieder mal ziemlich oberlehrerhaft von mir. Immer dieser Bildungssnobismus der Lehrer.«

»Schon gut.«

Der Hauptkommissar lachte gutmütig.

»Ich bin das gewohnt. Meine Frau war auch Lehrerin. Die meinen immer, sie seien schlauer als der Rest der Welt. Und was Shakespeare und Co betrifft: Ich wollte mal Englischlehrer werden, habe sogar fünf Semester Anglistik studiert und Mathematik dazu. Ich habe es mir aber dann doch anders überlegt und es niemals bereut. Setzen wir uns doch kurz auf die Bank.«

Er fuhr fort: »Sie haben die Tote gekannt? Vermutlich eine Schülerin?«

Charlotte nickte stumm: »Eine mir sehr liebe Schülerin. Sie mochte übrigens Shakespeare sehr.«

Beide schwiegen, und Charlotte fragte: »Haben Sie mit Ihrer Hamlet-Taktik etwas herausgefunden? Eine Beobachtung gemacht?«

»Nicht die geringste. Schwierig: *Lass unsere Gesichter Visiere für unsere Herzen sein.*«

»*Macbeth.* Ja, Sie haben gut aufgepasst in den fünf Semestern Ihres Studiums.«

»Ja. Damals in Heidelberg. 1969.«

»Schade. Sie müssen nun so einiges anordnen. Befragungen machen? Die Obduktion durchführen, bevor das Grab zugeschaufelt ist?«

»Nein. Das ist eine heikle Sache, Frau Rapp. Es ist ja nur ein anonymer Brief gewesen, der diesen … diesen hässlichen Verdacht aufgeworfen hat. Und ich werde nun nicht einfach eine Befragung starten, wenn die Trauernden gerade erst ihre Verstorbene begraben haben. Da geht die Pietät schon immer noch vor.«

»Entschuldigung.«

Sie saßen eine Weile schweigend nebeneinander, dann sagte

Guldner plötzlich, indem er Charlotte von der Seite musterte: »Sie scheinen schmäler geworden zu sein, Frau Rapp.«

»Ja, nach der Krankheit. Die hatte was Gutes. Ich kann jetzt essen, was mir schmeckt, ohne zuzunehmen.«

Sie merkte, wie er ein wenig verlegen wurde, eine Erklärung wünschte.

»Das kann ich Ihnen alles aber doch viel besser erzählen, wenn wir uns zusammensetzen. Ich schlage das Café *Herzstück* in Birkenbach vor. Kennen Sie das?«

»Jetzt gleich? Ja, warum nicht. Ich fahre hinter Ihnen her. Das ist schon so etwas wie eine Dienstfahrt.«

»Warum das?«

»Weil Sie mir dann auch verraten, weshalb Sie auf die Suizid-Idee gekommen sind. Das würde mich wirklich interessieren.«

Charlotte schluckte.

»Das wird eine lange Geschichte. Und ich erzähle sie nur sehr ungern. Und nur dann, wenn das Café heute nicht so voll ist. Meistens muss man sich vorher anmelden. Wenn zu viele Leute da sind, machen wir kehrt und fahren zu mir heim.«

»Einverstanden.«

»Durch den Saukopftunnel«, sagte Charlotte. »Und dann nach Birkenbach. Es ist höchstens eine Viertelstunde vom Friedhof zum Café in der Kreuzgasse.«

Sie hatten eine günstige Zeit erwischt. Der Kaffeeklatschtrubel hatte noch nicht eingesetzt. Tatsächlich war das Café nur im vorderen Teil besetzt. Der hintere, mit weißer Holztäfelung aus den 20er Jahren versehene Raum war frei, und sie ließen sich an einem kleinen runden Tisch nieder. Die freundliche Cafébesitzerin, eine sportlich aussehende große Blondine um die 50, nahm die Bestellung auf. Zwei Cappuccinos, eine Schwarzwälder Kirschtorte für Hauptkommissar Guldner und eine Erdbeer-Joghurt-Sahnetorte für Charlotte.

Mit ein wenig Smalltalk begann das Gespräch im Café Herzstück.

Guldner deutete auf die Sammeltassen aus den 50er Jahren und die Kaffeekannen mit Blumendekor, mit denen die Podeste der Täfelung und die Fenstersimse dekoriert waren.

»Passt zu uns«, sagte er.

»Ja, da kommt wirklich 50er Jahre Nostalgie auf«, erwiderte Charlotte.

An die Unterhaltung auf der Bank anknüpfend, sprach Charlotte von ihrer Herzoperation und ihrer Pensionierung nach dem zweiten Zusammenbruch, aber auch von ihrer Heirat mit Bernhard und seinem tragischen Tod.

Guldner wusste von dem Geisterfahrer zwischen Heidelberg und Dossenheim, doch er hatte keine Ahnung, dass das Opfer damals Bernhard Kirchhoff gewesen war.

»Und wie ist es Ihnen ergangen in den letzten Jahren? Seit wir uns zum letzten Mal gesehen haben, meine ich.«

Guldner sagte nur: »Ach nichts Besonderes ist passiert. Ich habe gearbeitet. Gelebt. Und ich stehe auch kurz vor der Pensionierung.«

Dann fügte er hinzu: »Verzögerungstaktik?«

»Sie meinen?«

»Ich meine, dass Sie Ihren Bericht hinauszögern. Dies ist ein Verhör.«

Er lächelte.

»Sie wollten mir doch sagen, wieso Sie angenommen haben, die Verstorbene habe sich umgebracht. So etwas saugt man sich doch nicht aus den Fingern, oder?«

»Nein, das tut man ganz und gar nicht.«

Die Cafébesitzerin kam an den Tisch, fragte, ob alles in Ordnung sei.

Die beiden bejahten.

Charlotte nahm einen Schluck Cappuccino und begann, Hauptkommissar Guldner von der Diskussion über den Sein-oder Nichtsein-Monolog Hamlets in ihrem Kurs zu erzählen, denn damit hatte doch alles irgendwie begonnen.

Die Torte war aufgegessen, der Cappuccino beinahe leergetrunken, als sie sich aufraffte, zum schwersten Teil zu kommen: zur Kursfahrt nach England vor vielen Jahren.

Guldner bestellte nach Absprache mit Charlotte eine große Flasche Wasser mit zwei Gläsern, und als das Gewünschte vor ihnen stand, holte Charlotte tief Luft und begann mit ihrem Bericht.

Kapitel 4 | *Eine Reise nach England*

»Waren Sie schon in England?«, fragte Charlotte ihr Gegenüber.

»Nein, niemals. Noch nicht einmal als Anglistikstudent. Es hat sich nicht ergeben und dann … habe ich ja einen anderen Lebensweg eingeschlagen. Und mit meiner Frau bin ich am liebsten nach Holland oder Frankreich gereist.«

»Dann werde ich Sie jetzt in Gedanken nach England reisen lassen. Eine virtuelle Reise wird es, um es modern auszudrücken«, gab Charlotte mit einem Lächeln zurück. »Ich habe wenigen Menschen von dieser Kursfahrt damals erzählt, doch nun muss es sein.«

Sie trank den letzten Rest ihres Cappuccinos aus.

»Ich muss voranstellen, dass dieser Englischkurs ein ganz besonderer war. Schon die Wahl des Reiseziels passte nicht unbedingt zu dem, was ich von Vorgängerkursen gewöhnt war. Eine Englandfahrt, das hieß für die meisten hauptsächlich eins: London, London und noch mal London. Sightseeing, aber nur das Abklappern der abgedroschenen Sehenswürdigkeiten: Piccadilly Circus, Westminster Abbey, Buckingham Palace, Tower und das Wachsfigurenkabinett von Madame Tussaud. Dann vielleicht noch wohl oder übel zwei oder drei Museen, pflichtschuldigst und widerwillig absolviert, denn bei einer Abschlussfahrt handelt es sich ja immerhin um eine schulische und daher kulturelle Veranstaltung: die National Gallery, das British Museum, dann noch die Tate Gallery mit den impressionistischen Malern. Das Musical *Cats* und vor allem: Shopping bis zum Umfallen in der Oxford Street. Das Nachtleben in Discos. Als ich den Vorschlag machte, London zu besuchen, gab es eine mir bisher ungewohnte, sehr laue Reaktion. Ich bat um andere Vorschläge, und eine Schülerin erhob die Hand. Es war Cornelia.

›Stratford-upon-Avon fände ich gut. Die anderen sind übrigens auch meiner Meinung, wir haben schon darüber gesprochen.‹

Sie schaute zu ihren Kurskameraden hin, von denen die meisten zustimmend nickten. Von den anderen gab es keinen Widerspruch.

›Und eine Theateraufführung. In Stratford vielleicht? Und wir würden uns gerne auch Sheffield angucken, wenn das geht.‹

Ich war sprachlos. Was gab es in Sheffield zu besichtigen?

›Sie haben uns doch neulich den Film *The Full Monty* gezeigt. Da könnte man doch mal die Schauplätze besichtigen. Ist mal was anderes.‹

Dieser Film, eine typisch englische Sozialkomödie, hatte allen ausnehmend gut gefallen. *Ganz oder gar nicht* um eine Gruppe arbeitsloser Stahlkumpels war auch in Deutschland ein großer Erfolg geworden.

›Und wenn wir schon in Sheffield sind‹, sagte ich, ›dann können wir ja das Herrenhaus besuchen, das nicht weit weg davon in der Grafschaft Derbyshire liegt. Es ist, soweit ich weiß, das größte bewohnte Schloss von ganz England. Mein Lieblingsschloss. Ich war schon zweimal dort. Ich habe übrigens gehört, dass dort der Film *Pride and Prejudice* gedreht wird oder gedreht wurde, er soll im Herbst in die Kinos kommen.‹

›Stimmt‹, rief Cornelia. ›Mit Keira Knightley als Elizabeth Bennet. Ist ja toll.‹

Mein Vorschlag wurde mit Interesse aufgenommen, zumal wir gerade erst einige Auszüge aus Jane Austens Roman gelesen hatten.

›Ist ja super, vielleicht können wir dann mitspielen‹, sagte Tristan Juhnke.

›Ich wüsste auch schon eine Rolle für dich, Tristan‹, rief jemand dazwischen. ›Du würdest einen guten Collins abgeben.‹

»Collins ist doch der lächerliche Liebhaber, dieser komische Pfarrer, der eine Abfuhr von Elizabeth bekommt, oder?«, fragte Guldner dazwischen.

»Ja, stimmt. Sie sind ja noch richtig gut, Herr Hauptkommissar. Um es kurz zu machen, es wurde beschlossen, während der Abschlussfahrt die Stationen Stratford-Sheffield-Chatsworth House und zum Abschluss noch Haddon Hall zu besuchen, ebenfalls Drehort vieler Filme, vor allem aus der elisabethanischen Zeit. Haddon Hall liegt ebenfalls nicht weit von Sheffield weg. Diese Rundfahrt wäre leicht zu absolvieren, da wir einen Reisebus zur Verfügung hatten, der uns von Ort zu Ort bringen würde. Ich buchte bei einem Odenwälder Busunternehmen die Fahrt und bestellte diverse Unterkünfte und Tickets. Es stellte sich heraus, dass die von den Schülern gewünschte Shakespeare-Aufführung in Stratford-upon-Avon ausverkauft war. Ich fand aber eine ideale Lösung: Zur Zeit unseres Sheffield-Aufenthalts gab es eine Aufführung von Shakespeares *Sommernachtstraum* im berühmten Crucible Theatre. Ich eröffnete meinem Kurs das Missgeschick und erwartete enttäuschte Reaktionen, doch das Gegenteil war der Fall.

Florian Waltz, der Kurssprecher, meinte, die für Stratford vorgesehene Aufführung des *Macbeth* wäre ja vielleicht sowieso eher enttäuschend geworden, nach der genialen Verfilmung durch Roman Polanski, die wir erst angeschaut hatten.

›Und der *Sommernachtstraum* ist romantischer‹, rief Cornelia.

›Und nicht so düster wie der *Macbeth*‹, meinte Tristan Juhnke. Er hatte in einer Schulaufführung des Sommernachtstraums den quirligen Waldgeist Puck, der die Liebespaare foppt und alle Beziehungen durcheinanderbringt, auf geradezu umwerfende Weise gespielt.

›Und außerdem kommt in *Dead Poets Society* der *Sommernachtstraum* vor.‹

Alle schauten auf Alexander Koch, der diese Worte auf seine ruhige, besonnene Art gesprochen hatte. Übrigens, Alexander sah ein wenig dem Schauspieler Robert Sean Leonard ähnlich, der in *Dead Poets Society* den sensiblen Neil Perry spielt. Das fiel mir damals zum ersten Mal auf.«

Charlotte unterbrach ihren Bericht: »Oh, das tut mir leid, Herr Hauptkommissar, ich strapaziere Ihre Geduld. Vielleicht interessieren Sie sich nicht für Filme? Ich habe oft englische und amerikanische Literaturverfilmungen mit meinen Schülern angeschaut. Das hat viele Stunden Vokabelpaukerei ersetzt. Unter anderem.«

»Im Gegenteil. Meine Frau und ich waren leidenschaftliche Kinogänger.«

Wie oft er noch von seiner Frau erzählt, dachte Charlotte. Er trauert immer noch sehr. Wie ich um Bernhard.

Guldner fuhr fort: »Den *Club der toten Dichter* haben wir zusammen angeschaut. Ich habe aber Robin Williams den charismatischen Pädagogen Mister Keating, der seine Schüler derart für Literatur zu motivieren vermag, nie ganz abgenommen. Obwohl es mir natürlich leid tut, dass er sich vor einem halben Jahr umgebracht hat.«

»Stimmt. Ich finde sowieso, den Oscar hätte damals Robert Sean Leonard verdient und nicht Robin Williams.«

»Ganz Ihrer Meinung, Frau Rapp. Und noch etwas habe ich nie ganz nachvollziehen können: Sind Jugendliche wirklich fähig, sich derart für Literatur zu begeistern, dass sie einen Geheimbund gründen, sich nachts in einer Höhle treffen und sich gegenseitig Gedichte vorlesen? Würden sie nicht etwas anderes tun nachts in einer Höhle?«

»Na ja, sie tun ja auch anderes. Sie rauchen und nehmen wohl auch Drogen, einige zumindest, und da sind auch Mädchen.«

»Apropos Drogen«, sagte Guldner. »Ich brauche noch eine Tasse Kaffee? Sie auch?«

»Oh ja, gerne.«

Die freundliche Chefin brachte das Bestellte, und Charlotte fuhr fort:

»Bernhard war übrigens Ihrer Meinung, Herr Hauptkommissar. Er fand es völlig unglaubwürdig, dass Jugendliche sich in Literatur verlieben können. Er hat über den Film gelacht. Bernhard konnte so gnadenlos vernünftig sein, aber er war gleichzeitig auch sehr sensibel.«

Charlotte hielt nachdenklich inne.

»Sie trauern auch noch sehr um Ihren Mann. Wie ich um meine Frau«, sagte Guldner.

»Ja. Na ja, trotzdem. Wir haben damals einen Riesenkrach bekommen, wir beide. ›Die sind von ihren Hormonen gesteuert. Die werden keine Gänseblümchengedichte aufsagen‹, hat er gesagt. Doch er hat sich getäuscht.«

»Wie meinen Sie das?«

»Ich meine, dass mein so pflegeleichter Kurs, wahrscheinlich angesteckt von meiner eigenen Begeisterung für englische und amerikanische Literatur, einen solchen Club gegründet hat. Doch das erfuhr ich erst später. In England. Und auf eine schreckliche Weise.«

»Sie machen mich immer neugieriger, Frau Rapp«, sagte Guldner.

»Die Fahrt verlief zunächst reibungslos. Obwohl ich schon zugeben muss, dass ich bei meiner notorischen Platzangst Beklemmungen bekam, als wir mit dem Eurostar durch den Tunnel fuhren. Ich war vorher immer mit dem Flugzeug oder per Fähre nach England gereist. Stratford-upon-Avon, die Heimatstadt Shakespeares, war enttäuschend. Die vielen Touristen, überall Shakespeare-Kitsch, schlechtes und überteuertes Essen im Restaurant. Das Cottage von Anne Hathaway, Shakespeares Frau, war wegen Renovierungsarbeiten geschlossen, und es regnete ununterbrochen. Englisches Wetter, dem Klischee entsprechend, und das im Frühsommer.

Dafür entschädigte uns Sheffield nicht nur mit Sonnenschein wie in Italien. Das Hotel war modern und gepflegt, die Küche war international und sogar auf Vegetarier eingestellt, und die fettigen Würstchen wurden nachsichtig als typisch englisch akzeptiert. Vorurteile wurden über Bord geworfen. Die traditionelle *Shepherd's Pie* wurde zum Lieblingsgericht einiger Schüler, ganz zu schweigen von *Fish and Chips*. Nur Bettina Jakob musste ständig an allem herumkritteln.

Die Aufführung des *Sommernachtstraums* im Crucible Theatre war ein Riesenerfolg. Das war kein verstaubter Shakespeare, sondern ein Shakespeare für junge Leute von heute. Meine Schüler ließen sich anstecken von der modernen, witzigen Inszenierung. Die 400 Jahre zwischen uns und dem genialen Dramatiker waren verwischt. Zum Glück hatten wir das Stück kurz vor der Englandfahrt noch einmal gelesen. Es wurde an den richtigen Stellen gelacht. Besonders pfiffig war die Idee, die Elfen, die sonst von zarten hübschen Mädchen dargestellt werden, ausschließlich von jungen Männern spielen zu lassen. Sie traten als Teufelchen in den Farben Schwarz und Rot auf, dazu ein klein wenig effeminiert. Eine Zweideutigkeit. Sehr pfiffig.

In Sheffield durchstreiften die Kursfahrtteilnehmer auf den Spuren des Films *The Full Monty* diverse Schauplätze und machten unzählige Fotos.«

»Ich habe den Film auch gesehen«, sagte Guldner. »Er kam mir nicht sehr jugendfrei vor.«

»Na ja, die waren doch alle schon achtzehn und darüber«, lachte Charlotte. »Das waren junge Erwachsene.«

Ernst fügte sie hinzu: »Und doch. Die Verantwortung kann einem auch bei Volljährigen keiner nehmen bei solch einer Kursfahrt. Und da wären wir auch schon bei meinem Bericht über Chatsworth.«

Kapitel 5 | *Chatsworth House*

»Stellen Sie sich ein grandioses Schloss im Stil des 17. Jahrhunderts vor. Das Barockschloss Chatsworth House hat, wenn ich mich recht erinnere, etwa 300 Zimmer. Es ist bewohnt und gehört dem Herzog und der Herzogin von Devonshire. Ein Herrenhaus inmitten eines parkähnlichen Geländes: exotische Bäume, ein großer See, eine Kaskade. Ein Labyrinth und unzählige Statuen. Soweit das Auge reicht, Weiden mit grasenden Schafen. Seit sechzehn Generationen ist dieses Prunkschloss im Besitz der Familie Cavendish. Wissen Sie, dass Chatsworth House nicht nur Schauplatz von *Stolz und Vorurteil*, sondern auch von anderen Filmen ist? 2008 wurde dort die Verfilmung von *The Duchess* über das Leben der Herzogin von Devonshire, der legendären Lady Georgiana Spencer, einer Vorfahrin von Lady Di, gedreht. Doch ich schweife ab. Sie müssen mich bremsen, Herr Hauptkommissar.«

»Nein, wieso, Sie machen mich neugierig auf das Schloss. Ich habe ein großes Faible für die Atmosphäre von Orten. Diese Orte sind nicht selten Tatorte.«

»Gut, dann geht es Ihnen so wie mir. Und da muss ich Ihnen doch noch von diesem 6. Herzog von Devonshire erzählen, dem Bachelor Duke, einem Trendsetter in Mode und Kunst wie Lady Georgiana Spencer. Er war nicht nur Junggeselle aus Leidenschaft, sondern auch ein leidenschaftlicher Sammler. Im Hunting Tower, dem Jagdturm aus der Zeit von Heinrich VIII., ließ er seine Mätressen logieren, wie berichtet wird. Der Turm wird seither *Birdcage* genannt. Viele bunte schillernde Paradiesvögel muss er beherbergt haben. Der Hunting Tower ist so schrecklich *gothic*, dass man schon eine Gänsehaut bekommt, wenn man ihn von Weitem sieht. Kein Wunder, dass dort vor ein paar Jahren ein Gruselfilm mit Anthony Hopkins gedreht wurde, irgendetwas mit einem Werwolf.

Als wir mit unserem Odenwälder Reisebus in Chatsworth ankamen, waren die Dreharbeiten zu *Stolz und Vorurteil* längst abgeschlossen. Es gab keine Möglichkeit, von Keira Knightley, Judi Dench oder Donald Sutherland ein Autogramm zu bekommen. Aber alle sperrten die Augen auf, als wir über die dreibogige Brücke fuhren, die zum Herrenhaus führt. Paine's Bridge, für den 4. Duke of Devonshire vom berühmten Architekten Paine erbaut. Sie führt in elegantem Schwung über den Fluss Derwent und verbindet das Weideland mit dem Herrenbesitz. Uns bot sich ein wahrlich zauberhaftes Bild: Ein Meer von Azaleen und Rhododendron in Pink und Purpur und Sonnengelb säumte Teile der Auffahrt. Das Wetter war von Tag zu Tag sommerlicher geworden, und nach den anfänglichen Enttäuschungen in Stratford hatte sich auch die Laune der Kursfahrtteilnehmer gehoben. Wir beschlossen, keine Führung zu beanspruchen, sondern mit einem Pauschalticket die Möglichkeit zu haben, auf eigene Faust den Palast und seine Schätze kennenzulernen. Alle wollten zuerst zur Skulpturensammlung, denn jemand hatte aus dem Internet erfahren, dass eine zentrale Szene des Films dort gedreht worden war. Cornelia, Alexander und Florian stürmten allen voran. Ich werde nie vergessen, wie Cornelia sich durch die Skulpturen des großen weißen Saals hindurchbewegte und einmal, als sie sich unbemerkt glaubte, gedankenverloren über eine der vielen Marmorbüsten strich, die vom 6. Herzog von Devonshire hierhergebracht worden waren. Eine der liegenden Marmorfiguren stellte einen Mann dar, einen Krieger, zu seinen Füßen sein treuer Hund. Cornelia streichelte liebevoll die Hundefigur. Das Bild bekomme ich nicht aus dem Kopf. Lange stand sie vor der unheimlichen Statue der verschleierten Frau, der Vestalin mit der Flamme. Als ich mir später den Film anschaute, erschrak ich, als ich Keira Knightley ähnlich in Gedanken versunken durch die Skulpturensammlung gehen und die verschleierte Frau entdecken sah. Wir gingen nun hinauf in den Musiksaal, den der Bachelor Duke um eine Attraktion bereichert hatte: Die berühmte Tür mit der Violine, die weder eine echte Tür noch eine echte Violine ist, sondern ein Gemälde des holländischen Malers Jan van der Vaardt im Stil des *Trompe l'oeil*, der Illusionsmalerei.

Immer war es Cornelia, die voranging. Sie versuchte, als der Saalwärter wegguckte, die Violine zu berühren, die mit einem hellblauen Satinband an der Tür hing.

Die Gruppe zog von Raum zu Raum. Die Pracht, der gehäufte Reichtum, die Kunstschätze aus aller Welt erschlugen uns fast.

›Kolonialismus pur. Imperialismus pur‹, sagte jemand hinter mir.

Es war Alexander Koch.

›Ja‹, erwiderte ich, ›aber soviel ich weiß, wurde das meiste hier redlich erworben von den Herzögen und Grafen. Sie hatten sich fast alle verschuldet für all diese Kostbarkeiten.‹

Es war nun höchste Zeit, eine Pause zu machen, hinaus in den Park zu gehen, in den weiten Landschaftsgarten. Ein Treffpunkt wurde ausgemacht, eine Zeit vereinbart. Um 17 Uhr sollten alle am Bus sein.

Cornelia, Alexander und Florian schlenderten in Richtung Kaskade. Bettina Jakob sah ich zum Museumsshop gehen, zusammen mit ihrer derzeitigen Freundin Sonja. Tristan Juhnke ging als einziger ganz allein in eine unbestimmte Richtung. Zum Hunting Tower hoch? Es würde ihm ähnlich sehen. Aber nichts, das mich beunruhigt hätte. Sie waren volljährig. Ich war nicht ihre Kindergartentante. Ich sah noch, wie Bettina Jakob in ihr Handy sprach. Das Ding schien an ihr festgewachsen zu sein«, sagte Charlotte. »Aber weiter. Sie haben eben auf die Uhr geschaut. Sie sind in Eile.«

»Nein, ich habe noch Zeit. Aber meine Neugier wächst, Frau Rapp. Ihre virtuelle Schlossführung gefällt mir. Sie erzählen gut.«

Ohne auf das Kompliment einzugehen, fuhr Charlotte fort: »Ich war, ehrlich gestanden, ganz froh, einmal etwas allein zu sein. Ganz allein für mich den Garten und den Park genießen zu können und Bekanntes wiederentdecken zu dürfen. Ich war seit Jahren nicht mehr in Chatsworth gewesen. Ich stärkte mich zunächst im Restaurant mit einem herrlichen Tee und zwei Scones. Dann schlenderte ich zum Ring Pond, hin zur Kaskade, wo ich Florian und Alexander schon von weitem erblickte, wie sie die breiten Stufen des Wasserfalls hinaufgingen. Cornelia war weit und breit nicht zu sehen. Ich verweilte mich lange im Felsengarten mit seinen Farnen und blühenden Digitalisblumen. Dann ging ich in Richtung *Maze*. Das *Maze*, das Labyrinth, ein kleiner Abklatsch des großen *Maze* im Londoner Hampton Court, dem Schloss Heinrichs VIII., hatte mich schon immer fasziniert. In kaum einem Herrensitz fehlen diese Labyrinthe, die meist aus der Renaissancezeit stammen. Ich wagte mich hinein, beruhigt, da einige Stimmen aus dem Labyrinth an mein Ohr drangen. Ich hörte zwei junge Stimmen. Geflüster, Lachen.

›*Shall I compare thee to a summer's day, thou art more lovely and more temperate …*‹

So hörte ich eine männliche Stimme schmachtend deklamieren.

Das ist das Sonett Nummer 18, dachte ich. Und das ist jemand aus meiner Gruppe. Wieder Geflüster, diesmal kein Lachen mehr. Da turtelten zwei. Ein Keuchen. Ich blieb wie angewurzelt stehen, wusste nicht, was ich tun sollte. Wer waren die beiden?

›Nein.‹

Es war die weibliche Stimme.

›Nein. Ich will das nicht. Nein.‹

Das klingt wie Cornelia, dachte ich erschrocken. Ich war mir nicht sicher. Sollte ich mich bemerkbar machen? Wenn es ein fremdes Paar war, würde ich lächerlich dastehen.

Ein Fluch: ›Verdammt.‹

War es Florian Waltz? War es vielleicht Alexander Koch, der sich Cornelia nähern wollte?

Jemand preschte an mir vorbei, stieß mich dabei fast um. Es war Tristan Juhnke. Er schien mich nicht zu erkennen, rannte wie ein Besessener zum Ausgang zu, war schon meinem Blickfeld entschwunden, bevor ich ihn ansprechen konnte. Kurz darauf hörte ich, wie sich leichtere Schritte jenseits der Eibenhecke bewegten. ›Cornelia?‹, rief ich. ›Bist du das? Was ist los?‹

›Nur ein Spiel, Frau Rapp. Bei uns ist doch alles nur ein Spiel. Machen Sie sich keine Sorgen.‹

Sie schien zu lachen, sich lustig zu machen über mich und meine Besorgtheit. Und schon war auch sie verschwunden, irgendwo im *Maze*. Ich weiß nichts von meinen Schülern, dachte ich. Und sie sind doch auch fast erwachsen. Und trotzdem wie Kinder. Und ich habe die Verantwortung, wenn …

Und wieder verhedderte ich mich in diesem faszinierenden, doch verfluchten Labyrinth, denn mein Orientierungssinn war immer schon ein wenig kümmerlich gewesen.

Diesmal kam mir kein älterer Gentleman zu Hilfe wie vor Jahren bei meinem ersten Besuch in Chatsworth. Es war ein Wunder, dass ich nach einiger blinder Tapserei alleine aus dem Eibengewirr herausfand. Dort drüben saßen auf einer Bank Cornelia, Florian und Alexander, und sie unterhielten sich ruhig, als sei nichts geschehen.

So kam es mir zumindest vor. Tristan gesellte sich dazu, der Vollblutkomödiant, und er alberte herum. Jetzt, wo ich Ihnen das alles erzähle, Herr Guldner, sehe ich die Szene mit ganz anderen Augen. Ich musste blind gewesen sein. Was ich für Unbekümmertheit hielt, war in Wirklichkeit ein einziges Täuschungsmanöver, inszeniert für mich, damit ich denken sollte, sie hätten für Gregor Pauls nächste Aufführung der Schauspiel-AG geübt. Ich wollte hinüberrufen: Alles in Ordnung bei euch? Aber das kam mir albern vor, und so ging ich zurück zum Restaurant in der Orangerie, um meine Karten zu schreiben und mich dabei von dem anstrengenden Rundgang etwas zu erholen.«

Charlotte hielt kurz inne und redete dann weiter: »Im Nachhinein ist mir klar, dass sich eigentlich schon damals meine Herzprobleme ankündigten, aber ich erkannte die Warnzeichen nicht. Ich wurde schnell müde, das Herz klopfte wie wild, ich musste mich um Gelassenheit bemühen, wenn etwas mich aufregte. Und meistens unterdrückte ich alles, verdrängte alles. Egal.«

Charlotte strich sich eine widerspenstige aschblonde Haarlocke aus der Stirn. »Ich schaute auf die Uhr und erschrak. Es war schon zwanzig Minuten vor fünf. Die Zeit war wie im Flug vergangen. Ich zahlte hastig und ging zum Parkplatz. Fast alle waren schon da. Der Busfahrer aß noch gemütlich ein Sandwich. Er hatte sich die anstrengende Schlossbesichtigung gespart und lieber in Ruhe mal ein paar Stunden gedöst. Es war schon fünf Minuten vor fünf, aber es fehlten noch vier Personen: Cornelia, Florian, Alexander und Tristan.

›Die wollten noch nach Edensor rübergehen‹, sagte jemand.

Edensor ist das Dörfchen, das zum Besitz von Chatsworth House gehörte. Es war 17 Uhr, und das Quartett fehlte immer noch.

›Eine Viertelstunde gebe ich noch hinzu‹, sagte ich scheinbar ruhig. Aber in meinem Innern brodelte es. Was fiel denen ein, ihre eigenen Gesetze zu schreiben? Ich raste innerlich vor Wut auf die Quertreiber. Als sie zwanzig nach fünf immer noch nicht erschienen, machten wir uns auf die Suche. Wir eilten hinüber nach Edensor, vorbei an steinernen Hirschen und Tritonen, über Paine's dreibogige Brücke.«

Kapitel 6 | *Edensor*

»Edensor, das frühviktorianische Modelldorf des exzentrischen 6. Herzogs von Devonshire, war weithin sichtbar durch seinen unverhältnismäßig hohen Kirchturm, der dieses Puppenstubendorf fast bedrohlich überragte. Hier durfte keine Wäscheleine sichtbar sein, so wollte es der Herzog. Es gab keine Stallungen, keine Scheunen. Hohe Mauern umgaben alles, was nach Nutzbarkeit aussah. Früher als viktorianische Scheußlichkeit belächelt, war Edensor neuerdings an Wert gestiegen und wurde von Touristen bewundert. Doch nicht damals an jenem Junitag und nicht in den frühen Abendstunden.

Niemand außer uns weit und breit. Wir schwärmten in Grüppchen aus, und unser netter Odenwälder Busfahrer war einer der eifrigsten Helfer. Es ging vorbei an der Kirche St. Peter's, an den Häusern, die eher kleinen gepflegten Villen glichen als englischen Bauernhäusern, mit ihren Glyzinien und wildem Wein. Vorbei an Pergolen, mit ihren geschnitzten Holzgiebeln und neugotischen Erkerfenstern.

Ich lief zur monströsen Kirche hin, weil ich vermutete, meine theatralisch gearteten Quertreiber könnten sich hier wohlfühlen. Die Kapelle mit ihren Marmorgrabmälern der einstigen Grafen von Devonshire war leer. Ich war fast schon entschlossen, die Polizei zu alarmieren, als Florian Waltz außer Atem auf mich zugerannt kam und mich anflehte, schnell mitzukommen.

›Da drüben an der Mühle, am Fluss unten. Schnell, Frau Rapp.‹

Paine's Mill war eine Ruine am Flüsschen Derwent, wie ich mich erinnerte. Ich rannte so schnell wie schon lange nicht mehr. Florian Waltz zog mich förmlich hinter sich her.

Die Szenerie, die sich mir bot, war gespenstisch. Wie bei Millais, ging es durch meinen Kopf. Aber diese Ophelia hier hatte kein rotes Lockenhaar, sondern lange schwarze Haare, die in schweren, nassen Strähnen den Kopf des leichenblassen Mädchens umgaben.

Cornelia lag halb im Wasser, und sie war über und über mit Blumen bestreut. Mit Wiesenblumen, auch großen Azaleenblüten. Neben ihr kniete Alexander Koch. Er drückte mit beiden Händen auf Cornelias Brustkorb. Das Mädchen keuchte, spie Wasser aus, übergab sich, rief etwas Unverständliches. Ich eilte zu der am Boden Liegenden.

›Helft, sie ganz aus dem Wasser zu ziehen‹, schrie ich. ›Sie erkältet sich sonst.‹

Warum sage ich so etwas Belangloses, dachte ich. Das ist doch zweitrangig, ob sie sich erkältet. Sie ist gerettet, das ist die Hauptsache. Immerhin hat Elizabeth Siddal, das berühmte Modell des präraffaelitischen Malers Millais sich damals auch erkältet, als es stundenlang in der Badewanne liegen musste, deren Wasser von unten mit Kerzen warmgehalten werden sollte. Nur funktionierte es nicht. Das Mädchen wurde krank, starb aber nicht. Cornelia wird auch nicht sterben, dachte ich erleichtert.

›Was, um Himmels willen …?‹, fragte ich hilflos.

›Ein Spiel, nur ein Spiel‹, erklärte Florian Waltz stotternd. ›Für *Hamlet*. Die nächste Aufführung unserer Schauspiel-AG. Wir wollten Herrn Paul überraschen. Und dann, und dann … Es konnte doch keiner ahnen, dass sie Ernst machen wollte.‹

Florian Waltz sagte es fast heulend. Cornelia murmelte etwas, das klang wie ›warmer Pullover, bitte sehr …‹

Eilig zog ich meine Strickweste aus, die ich trotz des warmen Juniwetters angezogen hatte. Meine Verfrorenheit kam jetzt Cornelia zugute.

Alexander, Florian und ich trugen das Mädchen. Der Busfahrer, Walter Berg, war mittlerweile zu uns gestoßen. Ohne seine starken Arme hätten wir die Bürde kaum geschafft. Er hatte den Bus mittlerweile ganz zum Dorf gefahren, und die aufgeregten jungen Leute standen schon um den Bus herum und redeten aufgeregt miteinander. Es hatte sich herumgesprochen, dass unten am Fluss ein Unglück geschehen war. Ich erkannte Tristan unter den Wartenden. Kam die Nachricht von ihm? Ich wollte mir darüber nicht den Kopf zerbrechen. Es gab Wichtigeres zu tun. Cornelia wurde in Decken gehüllt und auf die Rückbank des Busses gelegt. Ich saß bei dem Mädchen während der Fahrt ins Hotel. Cornelia atmete ganz ruhig, doch einmal sang sie leise vor sich hin:

Wie erkenn ich dein Treulieb vor den anderen nun? An dem Muschelhut und Stab, und den Sandalschuhn.

Ich erschrak und dachte zuerst, dass Cornelia phantasierte, doch als sie in ihrem Singsang fortfuhr, erkannte ich die Worte der Ophelia wieder, die um ihren toten Vater Polonius trauert und die, von Hamlet verstoßen und verhöhnt, den Verstand verliert.

›Morgen ist Valentinstag‹, sagte Cornelia. Im gleichen Moment lachte sie und rief: ›Nur ein Spiel, Frau Rapp. Ich bin Ophelia.‹«

»Das ist furchtbar«, sagte Hauptkommissar Guldner. »Mussten Sie das Mädchen zum Arzt bringen?«

»Nein. Das Erstaunliche war, dass Cornelia noch am gleichen Abend ganz normal mit uns zu Abend aß, als sei nichts geschehen, als habe es die schrecklich verstörende Szene am Flüsschen unten nicht gegeben. Das war kein Fall für den Arzt und kein Fall für die Polizei. Es war wohl alles doch nur ein Spiel gewesen.«

»Und wieso haben Sie vermutet, dass Cornelia Suizid begangen hat?«

»Dann hören Sie weiter, Herr Guldner«, sagte Charlotte. »Ich konnte meine Zweifel nicht unterdrücken. Um sicherzugehen, bestand ich darauf, dass Cornelia in jener Nacht nicht ohne Aufsicht sein sollte. Ich bestand darauf, dass sie mit mir im Zimmer schläft.

Da hat sie mir, mitten in der Nacht, gestanden, dass sie diese Todessehnsucht in sich habe, immer wieder, und dass sie nichts dagegen tun könne. Dass sie schon lange dagegen ankämpfe. Sie erzählte mir von ihrer Nahtod-Erfahrung, die sie vor einigen Jahren gehabt habe. ›Verstehen Sie diese Sehnsucht, dass alles vorbei ist? Alles auf einmal ganz einfach ist? Man schwebt quasi über sich selbst, sieht sich als Hülle daliegen, alles ist so leicht und unbeschwert, man ist einfach nur glücklich, und man will nicht zurück. Verstehen Sie das, Frau Rapp?‹

›Ich verstehe es nicht ganz, aber ich versuche, zu verstehen‹, habe ich geantwortet.«

Charlotte schaute Hauptkommissar Guldner auf einmal merkwürdig an und sagte: »Ich habe übrigens diese Nahtoderfahrung ein paar Jahre später auch erlebt. Bei meiner Herzoperation. Aber ich wollte wieder zurück. Apropos zurück: zurück zu meinem Bericht. Cornelia hat mich dann angefleht, ich solle nichts ihren Eltern sagen. ›Sonst tu ich es wirklich, Frau Rapp.‹ Das war vielleicht mein größter Fehler, dass ich Cornelias Flehen nachgab, dass ich ihr versprach, niemand etwas zu sagen von ihrer Todessehnsucht, auch nichts darüber, dass sie am Fluss wirklich Ernst machen wollte, wie Florian Waltz wohl irgendwie richtig vermutet hatte. Ich gab ihrem Drängen nach, ließ mich erpressen. ›Alle anderen glauben eh, dass alles immer nur Theater ist, was ich tu‹, sagte sie. Und ich bin weich geworden, habe Angst gehabt, Cornelia mache wirklich Ernst.«

Charlotte schwieg, strich sich eine Locke aus der Stirn.

»Ich kann Ihnen keinen Vorwurf machen, Frau Rapp«, sagte Guldner in das Schweigen hinein. »Und wie ging es damals weiter? Ist alles gut gegangen danach?«

»Zunächst ja. Cornelia hat noch nicht einmal eine Erkältung davongetragen von der ganzen Sache.«

Sie lachte etwas bitter auf.

»Aber dann?« Guldner ließ nicht locker. »Und was ist dann passiert? Und was hatte es mit dem mysteriösen Club auf sich?«

»Ich hatte ein Gerücht gehört, dass es einen solchen Geheimclub gab. Darüber wollte Cornelia aber nichts verraten. Sie habe einen Schwur geleistet. Sie wolle die anderen nicht verraten. Ich musste das akzeptieren. Aber zwei Wochen nach unserer Rückkehr erschien dann Cornelias Mutter ganz aufgebracht bei mir und machte mir eine Szene. Nur ich sei schuld daran, dass ihre Tochter sich danebenbenommen habe. Und nur ich sei schuld daran, dass die Kinder diesen verstiegenen Dichterclub gegründet hätten. Ich hätte den Kindern Flausen in den Kopf gesetzt mit all den negativen Texten über Selbstmord und Todessehnsüchte und romantischem Gefasel. Sie wollte mir nicht glauben, dass ich nichts wusste von diesem ominösen Club. Und es stimmte ja auch. Cornelia hatte zugegeben, dass es so eine Art *Club der toten Dichter* gab, in Anlehnung an den Film, den wir gesehen hatten, aber was Genaues habe ich nie erfahren. Alle hielten dicht. Frau Bruckner drohte mit einer Anzeige. Doch am gleichen Tag entschuldigte sich Herr Bruckner bei mir für die Überreaktion seiner Frau, und danach geschah nichts. Ich setzte meinen Kollegen Gregor Paul in Kenntnis der Vorfälle in Chatsworth. Von ihm bekam ich die volle Unterstützung. Er meinte, Schauspieler seien eben immer ein bisschen exzentrisch, und die Schüler seiner AG, die besten zumindest, seien ausgesprochen exzentrisch. Das sei der Preis für ihr Talent.«

»Wer hatte eigentlich Frau Bruckner informiert?«

»Ich vermute, der Informant war Tristan Juhnke.«

»Das habe ich auch schon vermutet. Er war verschwunden und hat die Szene am Flüsschen beobachtet und hat hinterher dann die Bombe platzen lassen?«

»Vielleicht. Alles Vermutung. Ich weiß es bis heute nicht.«

Das Café begann sich zu füllen, und Charlotte sagte: »Sie sind mir aber noch eine Antwort schuldig, Herr Guldner.«

»Ja, der anonyme Brief. Das Übliche: ein zusammengestückelter Text, aus Zeitungen und Prospekten herausgeschnippelt. Ganz altmodisch, möchte ich sagen. Der Text besagte: *Cornelia Waltz ist nicht verunglückt. Es war Mord.* Sonst nichts weiter. Und nun werde ich die Obduktion veranlassen. Es wird nicht zu vermeiden sein. Aber vielleicht wird man nicht mehr an die ganze Wahrheit herankommen.«

Sie bezahlten und verließen das Café.

Als sie im Kreuzgässchen standen, deutete Charlotte nach oben.

»Da um die Ecke ist das Alte Rathaus mit dem Brunnen davor.«

»Ja, ich weiß, Frau Rapp, wie könnte ich vergessen, was damals geschehen ist. Das arme Kind.«

»Ja, Lisa Bredow.«

Sie blieben schweigend eine Weile nebeneinander stehen.

»Wir bleiben in Verbindung, Herr Guldner?«

»Natürlich. Es wird sich vielleicht nicht vermeiden lassen. Oje, das klingt ja, als sei es mir lästig, dass wir … Na ja, mir wäre es lieber gewesen, eine angenehme Gelegenheit hätte uns wieder zusammengeführt.«

»Man kann sich halt vieles im Leben nicht aussuchen. Soviel zu meiner Meinung, was die freie Entscheidung des Menschen betrifft.«

Sie lachte. »Nun wird es philosophisch. Wir sollten Adieu sagen.«

Er schüttelte ihre Hand: »Ich sage lieber: Auf Wiedersehen.«

Charlotte sah dem Hauptkommissar lange nach, wie er zu seinem Auto, das er an der Weschnitzbrücke geparkt hatte, zurückging.

Er ist älter geworden, dachte sie, wie ich auch. Aber er ist immer noch so sympathisch, sogar noch sympathischer als früher.

Nachdenklich stieg sie in ihr Auto und fuhr zu ihrem Häuschen, wo sie von Puck freudig begrüßt wurde.

Luna und Lakritze räkelten sich lässig auf dem Sofa, ohne ihr Kommen zu registrieren.

Wie eine Katze müsste man sein, dachte Charlotte wieder einmal. Dann wäre das Leben leichter. Viel leichter sogar.

Kapitel 7 | *Friederike*

Eine ganze Woche verging, ohne dass Charlotte eine Nachricht von Hauptkommissar Guldner erhielt. Doch sie war so sehr mit ihrem Garten beschäftigt, in dem nach dem regnerischen Wetter das Unkraut alles zu überwuchern drohte. Sie jätete, pflanzte Dahlien und Gladiolen und säte Sonnenblumen, Kresse und »Bienenschmaus«. Letzteres zur Freude ihres Nachbarn, der Imker war und fünf Völker in seinen Bienenstöcken hielt. Abends sank sie todmüde, aber glücklich ins Bett und vergaß zeitweise sogar den Fall. »Ein Fall« war es im wahrsten Sinne des Wortes: ein Fallen, ein Unfall oder doch mehr?

Zehn Tage nach Cornelias Beerdigung klingelte abends das Telefon im Haus. Charlotte war gerade auf der Terrasse, schnitt die Köpfe der verblühten Tulpen und Narzissen ab und kürzte die Glyzinien. Sie zog schnell ihre Gartenschuhe aus und ging auf Socken ins Haus. Mit nicht ganz sauberen Händen nahm sie den Hörer ab.

Das ist Guldner, dachte sie. Doch sie hatte sich geirrt. Die Stimme einer jungen Frau meldete sich als Friederike Bruckner.

»Oh, Cornelias Schwester?«, rief Charlotte erstaunt und fügte schnell hinzu: »Mein herzliches Beileid.«

Charlotte hasste diese Trauerfloskel, aber was sollte man sonst sagen? Arme Sprache.

»Danke, Frau Rapp. Sie waren bei der Beerdigung, ich habe das registriert, trotz allem.«

Es entstand eine kleine Pause, und sie fuhr fort: »Und Sie haben sich ins Kondolenzbuch eingetragen. Danke, dass Sie da waren.«

»Es war mir ein Bedürfnis. Ihre Schwester war eine Schülerin, die mir viel bedeutet hat. Sie war so anders als die meisten anderen, und wir haben uns gemocht.«

»Ja, ich weiß das. Und deshalb habe ich eine Bitte. Könnte ich Sie heute Abend besuchen? Ich habe etwas auf dem Herzen. Und dazu noch eine Art Souvenir für Sie. Von meiner Schwester.«

Charlotte konnte ihr Erstaunen nicht verbergen, sagte aber spontan zu. Ziemlich aufgeregt öffnete sie die Tür, als es Punkt 20 Uhr klingelte. Puck bellte wie verrückt und hüpfte um die Besucherin herum, die wohl nicht an Hunde gewöhnt war, denn sie wich etwas zurück.

»Puck, benimm dich«, ermahnte Charlotte das wuselige Tier, das alle Gäste unvoreingenommen mochte.

»Puck heißt er?« Die Frage klang fast wie ein Vorwurf, zumindest interpretierte Charlotte sie so.

Als wolle Friederike sagen: Von Shakespeare kommen Sie wohl nicht los, wenn sogar der Hund nach einem Shakespeare-Charakter benannt ist.

»Ja, Shakespeare ist überall«, rutschte es Charlotte heraus, als könne sie Gedanken lesen.

Puck hatte sich mittlerweile beruhigt und akzeptierte, dass diese Besucherin wenig Interesse zeigte, ihn zu kraulen. Er legte sich mit einem kleinen Seufzer, der ein bisschen beleidigt klang, in den Hundekorb neben dem Sofa, das ausnahmsweise mal nicht von den Katzen belagert war. Sie waren auf abendlicher Pirsch.

Friederike Bruckner, einst ein pummeliger Teenager, war schlank geworden. Ihr Haar, das Charlotte als bräunlich in Erinnerung hatte, war blondiert und modisch kurz geschnitten. Sie war ganz in Schwarz, trug hohe Pumps und war dezent geschminkt.

Silberne Ohrringe, die zu einer ebenso silbernen Halskette passten, verliehen der jungen Frau einen Touch von erfolgreicher, dynamischer Geschäftsfrau. Da sie sich mit ihrem Mädchennamen vorgestellt hatte, nahm Charlotte an, dass sie unverheiratet war, was jedoch nicht zwingend so sein musste. Die gepflegten Hände von Friederike Bruckner waren mit einem zum restlichen Schmuck passenden Ring geschmückt. Schlicht und sehr edel.

Charlotte bot ihrem Gast etwas zum Trinken an. Wein, Tee, Kaffee? Oder war es zu spät für Kaffee?

»Einen Wein, gerne«, erwiderte Friederike.

Charlotte, die »Engländerin«, hätte einen Tee vorgezogen, aber aus Höflichkeit trank sie einen trockenen Riesling mit, den sie kürzlich von einem Ausflug aus dem Elsass mitgebracht hatte.

Es entstand eine etwas gezwungene Pause. Keine der Frauen schien recht zu wissen, wie das Gespräch zu beginnen sei. Der Gast nestelte an der schwarzen, großen Gucci-Umhängetasche herum. Charlotte sah, dass ein größeres Dokument darin steckte.

»Sie fragen sich bestimmt, warum genau ich hier bin«, begann Friederike. »Und ich will nicht um den Brei herumreden. In den letzten Tagen, also kurz nach dem Tod meiner Schwester, ist mir eingefallen, dass sie mir vor einiger Zeit ein Dokument gegeben hat, einen Umschlag mit der Aufschrift *Für Charlotte Rapp. Wenn ich mal nicht mehr bin.*«

Sie schluckte. »Sie werden sich wundern, wie eine so junge Frau solche Gedanken haben konnte.«

»Nein, ich wundere mich nicht. Überhaupt nicht.«

»Stimmt. Da war ja die Fahrt nach Chatsworth damals. Und das war ja nicht alles.«

Sie trank einen Schluck von ihrem Riesling. Einen guten Zug hat sie am Hals, dachte Charlotte. Aber wenn sie wirklich eine dynamische Geschäftsfrau ist, wird sie das gewöhnt sein.

»Wissen Sie eigentlich, Frau Rapp, dass ich meiner Schwester mal das Leben gerettet habe? Sie war sechzehn Jahre alt und hatte Schlaftabletten geschluckt. Nicht genug wahrscheinlich. Vielleicht wollte sie ja auch nicht wirklich sterben. Sich nur interessant machen. Jedenfalls bin ich dazu gekommen, ich habe sie zum Erbrechen gebracht. Sie hat danach nur tief geschlafen vor Erschöpfung. Und unsere Eltern, unsere Mutter …«

Sie betonte das Wort besonders stark und stockte ein wenig, fuhr dann fort »… unsere Mutter hat niemals davon erfahren. Sie wollte eh nie etwas wissen von Cornelias …«, sie suchte krampfhaft nach dem richtigen Wort, »von Cornelias Todessehnsucht. Ihren Depressionen. Dabei liegt das sozusagen in der Familie.«

»Sie wollen sagen …?«

»Ja, das Suizid-Gen. Endogene Depression. Keiner bestreitet heute mehr, dass es dieses Gen gibt. Dass es Familien gibt, in denen viele Depressive und auch Suizide vorkommen. In der Familie unserer Mutter«, wieder diese Betonung des Wortes Mutter, »ist das Suizidverlangen nachweislich vorhanden. Der Bruder meiner Mutter, eine Großtante. Die beiden wurden in letzter Minute gerettet. Beim ersten Versuch. Sie wollten diese Rettung nicht. Letztendlich haben sie sich später dennoch umgebracht. Natürlich ist das vertuscht worden. Die Großtante habe aus Versehen zu viele Schlaftabletten genommen, hieß es. Mein Onkel sei beim Reinigen seines Jagdgewehrs umgekommen, ein Unfall. Es gibt in Familien viele Lügen. Die sprichwörtlichen Leichen im Keller. Die Verlegenheit meiner Mutter. Ihr Ratschlag, Depressionen zu bekämpfen, hieß ›Reiß dich zusammen‹ und ›Lass dich nicht so gehen.‹«

Friederike lachte bitter auf. »Wie oft bekam Cornelia das zu hören.«

»Furchtbar.« Dieses banale Wort drückte Charlottes ganze Hilflosigkeit aus.

»Ja, man ist so ohnmächtig. Man möchte helfen und kann es nicht. Borderline nennt es die Psychologie. Himmelhochjauchzend, zu Tode betrübt, so sagt der Volksmund. Ich nenne die Krankheit Seelenkrebs«, sagte Friederike.

Sie schaute Charlotte fest an: »Ich habe übrigens dieses Gen nicht geerbt. Ich hatte Glück.«

»Aber Ihre Schwester ist doch nicht durch Suizid gestorben. Es war doch ein Unfall im Haus.«

Friederike trank ihr Glas leer, ließ es geschehen, dass Charlotte nachschenkte.

»Nein, Frau Rapp. Es war kein Suizid. Es war aber auch kein Unfall im Haushalt. Die Polizei hat nicht umsonst Cornelia …«, sie zögerte, wollte das Wort nicht aussprechen, »obduzieren lassen.«

Charlotte wäre beinahe herausgerutscht, zu sagen: »Ich weiß, ich weiß«, aber sie hielt sich im letzten Moment zurück. Ihre gespielte Überraschung schien überzeugend, denn Friederike sagte abrupt: »Ich glaube übrigens auch, dass meine Schwester ermordet wurde.«

Charlotte lag auf den Lippen, den Gast zu fragen, ob der anonyme Hinweis an die Polizei von ihr gekommen war. Stattdessen fragte sie: »Und was bringt Sie zu der schrecklichen Vermutung?«

»Ich weiß nicht. Es ist so ein Gefühl. Man stürzt nicht so stark von alleine, ohne Fremdeinwirkung.«

»Man kann sehr unglücklich fallen, sich den Kopf an einer Kante aufschlagen, sich das Genick brechen. Die meisten Unfälle passieren im Haushalt, viele davon enden tödlich. Es gibt eine Statistik.«

»Ja, aber wenn man einen eifersüchtigen Mann hat, kann es auch anders gewesen sein.«

Friederike leerte mit einem Zug ihr Glas.

Die Ungeheuerlichkeit dieser Aussage, diese fürchterliche Beschuldigung raubte Charlotte den Atem. Sie brauchte eine Weile, bis sie Worte fand: »Ich kenne Florian. Er ist doch …«

»Othello. Er ist Othello. Die personifizierte Eifersucht.«

Sie hasst ihren Schwager, dachte Charlotte, und es fiel ihr erneut auf, wie unterschiedlich diese beiden Schwestern waren. So gegensätzlich in Aussehen und Charakter.

»Ich habe Cornelia immer behütet. Meine melancholische und zerrissene kleine Schwester.«

Sie kramte in ihrer Guccitasche.

»Hier, Frau Rapp, das möchte ich nicht unterschlagen. Ich kenne den Inhalt nicht.«

Sie reichte Charlotte den braunen Umschlag und erhob sich.

»Und nun muss ich gehen. Morgen habe ich ganz früh eine Verhandlung.«

»Sie sind Juristin geworden?«

»Ja, ich habe ein Rechtsanwaltsbüro in Mannheim in B7. Nicht weit vom Schloss entfernt.«

»Sie sprechen von einer Obduktion. Haben Sie der Polizei von Ihrem Verdacht erzählt?«

»Ich? Aber nein. Wer weiß, vielleicht hatte außer mir noch jemand Zweifel an der Unfalltheorie. Es war noch niemand von der Polizei da, der uns befragt hätte. Meine Eltern, meinen Bruder, mich. Vielleicht meinen Schwager? Ich weiß es nicht. Die Mühlen der Justiz mahlen manchmal langsam und in der Pathologie geht es auch nicht immer flott vonstatten. Da könnte ich Ihnen einiges zum Thema berichten.«

Sie zuckte fast resigniert mit den Schultern. »Da gibt es wirklich die abenteuerlichsten Geschichten.«

Entweder war sie eine gute Schauspielerin oder der anonyme Brief war wirklich nicht von ihr gekommen.

Puck blieb diesmal im Körbchen liegen. Besucher, die ihn nicht streichelten, interessierten ihn nicht weiter.

»Ach, was ich Sie noch fragen wollte, Friederike. Ich darf Sie doch beim Vornamen nennen? Aus alter Gewohnheit von Schulzeiten her. Was passiert mit der Kleinen?«

»Mit Miri? Ich werde erwirken, dass Miri unter meine Obhut kommt. Das bin ich Cornelia schuldig. Ich weiß, dass ich das Sorgerecht nicht so leicht bekommen werde. Aber ich bin eine Kämpferin.«

»Und der Vater?«

»Das werden wir ja sehen. Es wird sich zeigen, wie alles weitergeht. Sie verstehen …«

»Ja, ich verstehe.«

»Drücken Sie mir die Daumen, Frau Rapp. Die Kleine ist nicht nur mein Patenkind. Sie ist mein Ein und Alles.«

Sieh da, welch weicher Kern in der rauen Schale dieser coolen, pragmatischen Juristin steckt, dachte Charlotte. Wie seltsam, sie selbst hatte auch eine Schwester mit Namen Friederike gehabt. Sie waren unzertrennlich gewesen. Bis zu Friederikes frühem Krebstod. Und ihre Tochter, Sophie, war Charlotte ans Herz gewachsen wie die kleine Miri ihrer Tante Friederike.

Nachdenklich zog sie die Tür hinter sich zu, ging ins Wohnzimmer, brachte die Weingläser in die Küche.

Luna und Lakritze, die beiden Nachtwandlerinnen, maunzten und kratzten an der Terrassentür. Zeit für eine Abendbelohnung. Charlotte ließ die beiden hedonistischen Geschöpfe herein, gab ihnen etwas Futter.

Dann machte sie sich ihren heißersehnten Tee, nahm den Umschlag vom Tisch und machte es sich auf dem Sofa bequem. Luna und Lakritze sprangen hoch und legten sich zu Charlottes Füßen gemütlich in die Kissen.

Sie öffnete ungeduldig den Umschlag und hielt einige getippte Seiten in den Händen. Auf dem Coverblatt stand in Großbuchstaben zu lesen:

Eine Short Story für Charlotte Rapp von ihrer ehemaligen Schülerin Cornelia Bruckner, viele Jahre nach Chatsworth.

Charlotte erschrak ein wenig, als sie den Titel las:

Vielleicht auch träumen

Sie blätterte um. Der Story vorangestellt war das Zitat aus *Hamlet*, das sie vor vielen Jahren mit ihrem damaligen Englischkurs besprochen hatte.

Und Charlotte begann mit klopfendem Herzen zu lesen.

Kapitel 8 | *Vielleicht auch träumen*

Sein oder Nichtsein, das ist hier die Frage:
Ob's edler im Gemüt, die Pfeil' und Schleudern
Des wütenden Geschicks erdulden, oder
Sich waffnend gegen eine See von Plagen,
Durch Widerstand sie enden. Sterben – schlafen –
Nichts weiter! – Und zu wissen, dass ein Schlaf
Das Herzweh und die tausend Stöße endet,
Die unsers Fleisches Erbteil – 's ist ein Ziel
Aufs Innigste zu wünschen. Sterben – schlafen
Schlafen! Vielleicht auch träumen! – Ja, da liegt's:
Was in dem Schlaf für Träume kommen mögen,
Wenn wir den Drang des Ird'schen abgeschüttelt,
Das zwingt uns stillzustehn. Das ist die Rücksicht,
Die Elend lässt zu hohen Jahren kommen.
…
Nur dass die Furcht vor etwas nach dem Tod –
Das unentdeckte Land, von des Bezirk
Kein Wandrer wiederkehrt – den Willen irrt,
Dass wir die Übel, die wir haben, lieber
Ertragen, als zu unbekannten fliehn.
So macht Gewissen Feige aus uns allen.

William Shakespeare, Hamlet, Dritter Aufzug, 1. Szene

Schon wieder diese bleiernen Gewichte, die jeden Schritt zur Qual werden ließen, diese Lähmung der Glieder, auch der Gedanken.

Das Heute, das Morgen, eine Zentnerlast, die den Atem nahm.

Das Kind neben ihr hüpfte. Zweimal das rechte Bein, zweimal das linke Bein. Es sang ein Lied dabei.

Luisa lächelte. Wie sie das Kind liebte. Die Zentnerlast hob sich für einen kleinen Moment, die bleiernen Glieder wurden leichter. Mit einem ganz energischen Schritt betrat Luisa den Buchladen. Die altmodische Ladenglocke bimmelte. Es war eigentlich ein gemütlicher Buchladen, einer mit Nischen und Ecken zum Sitzen und Stöbern.

Ein sehr kleiner und rundlicher Buchhändler mit dicken Brillengläsern grüßte freundlich. Luisa war fast eine Stammkundin zu nennen. Sie ging mit dem immer noch fröhlich hüpfenden Kind an der Hand zu dem kleinen niedrigen Tisch mit den vielen Kinderbüchern, Bilderbüchern, einigen Spielsachen.

Der Tisch war sonnengelb wie die drei Stühlchen drum herum.

Das Kind klatschte vergnügt in die Hände und nahm das größte und bunteste Buch. Es waren viele Tiere drauf, Katzen, Hunde, eine Giraffe und Paradiesvögel.

Luisas Blick fiel auf ein Buch von Janosch und eines von Erwin Moser, dann auf ein Märchenbuch, von Friedrich Hechelmann wunderbar illustriert.

Die Glücklichen. Wie gerne hätte sie Kinderbücher illustriert. Fantasie hatte sie zum Überborden, aber … Sie hatte nicht den Mut zum Kunststudium gehabt. Die Künstler sind alle Spinner, sagte man ihr. Da wirst du runtergezogen, in diesem spinnerten Milieu. Lotterleben und allerhand Wüstes, wie man hört. Und außerdem: Da braucht man starke Ellbogen, um sich durchzusetzen. Dazu bist du gar nicht in der Lage.

Warum hatte sie sich nur von den dummen Sprüchen abschrecken lassen?

So war Luisa eine Künstlerin ohne große Werke geworden.

Das Zimmer des Kindes war über und über mit Luisas Bildern geschmückt: da gab es Zwerge und Dämonen, Blumen, Fantasiehäuser, Tiere. Lesende Katzen, Elfenbären, Hundeprinzessinnen.

All dies hatte Luisa für ihre Kleine erfunden. Und immer wieder malte sie Kinder und Puppen. Sonntagsmalerei, nicht mehr. Oder doch? Etwas in Luisas Innern verlangte nach mehr, wurmte und quälte sie.

Anerkennung zu haben als Künstler, wie glücklich musste das machen. Es gab doch bestimmt viele Kinder, denen ihre Illustrationen gefallen würden? Warum interessierte sich kein Verlag für ihre Bilder?

Luisa gab dem Kind, das in die Welt des glänzend bunten Kinderbuchs vertieft war, einen ganz innigen Kuss.

Du liebes Kind, wenn du wüsstest, was in deiner Mutter vorgeht.

Luisa ging, nein, sie schlich wie eine Missetäterin in die Nische, in der sie das Buch finden würde. Die »Lebenshilfe«-Nische.

Luisa lachte bitter auf. Lebenshilfe. Ja, so konnte man es auch nennen. Da standen die Rezeptbücher fürs Fröhlichsein, fast durchweg von Amerikanern geschrieben, den Weltmeistern des *Don't worry, be happy.*

Sie überflog die Titel: *Der Weg zum Glück. Du musst nicht sein, wie du bist. Glücklichsein, leicht gemacht. Schnellkursus für die Zufriedenheit! 10 Regeln zum Glücklichwerden.*

Letzteres Machwerk hatte sie an Weihnachten von Petra geschenkt bekommen. Petra, der Meisterin im Harmoniegesäusel, wie Luisa es bei sich nannte, dieses unechte Getue. Petra hockte in einem Kokon von Lebenslügen, in die sie sich und ihre Familie eingesponnen hatte, und sie fühlte sich allen überlegen, die nicht wie sie das Talent besaßen, das billige Glück anzunehmen.

Aber wenigstens tat Petra nicht das, was Luisa zu tun gedachte. Vielleicht ist das Glück der anderen nicht so billig. Vielleicht ist dein eigenes Unvermögen zum Glücklichsein nur Hochmut, sagte sie sich.

Entschlossen streckte sie die Hand nach dem Band aus, den sie schon seit drei Wochen kaufen wollte. Sie hatte zufällig davon gehört. Sie war erstaunt, dass man ein solches Buch offen kaufen konnte.

Aber immerhin gab es das alles auch im Internet. Es gab sogar ganze Internetforen diesbezüglich. Aber Luisa war kein Internet-Typ. Dann lieber die Anleitung zum Selbstmord aus einem Buch. Luisa liebte Bücher. Sie malte nicht nur, sie schrieb auch, Gedichte und Geschichten. Manchmal. Ein Doppeltalent, hatten ihre Lehrer gesagt. Ihre Schubladen waren voll von ihren Gedichten und Kurzgeschichten.

Ihre nächsten Freunde, Bekannten, Kollegen und auch die Verwandten wussten nichts davon. Ihre Mutter nicht. Ihre Schwester nicht. David ahnte es.

Ab und zu schickte sie etwas an einen Verlag, doch jedes Mal kam das Manuskript zurück mit einer mehr oder höflichen Absage.

Immer wieder die gleichen Floskeln:

Passt nicht in unser Programm.

Dies ist kein Werturteil.

Unsere Jahresplanung ist leider schon abgeschlossen.

Wir wünschen Ihnen viel Erfolg bei einem anderen Verlag.

Irgendwann resignierte man, verlor den Glauben an sich selbst.

Man hörte schließlich mit dem Malen, mit dem Schreiben auf.

Vielen Künstlern war es ebenso ergangen, wie Luisa wusste.

Sie verzweifelten daran. Nicht wenige brachten sich deshalb um.

Das Kind in seiner Bilderbuchnische schaute jetzt zu Luisa herüber.

Es winkte fröhlich, in seinen Augen stand eine kleine Frage.

Luisa winkte zurück, schuldbewusst.

Was tust du hier, dachte sie. Das Buch in ihrer Hand schien zu brennen. Du suchst eine Anleitung zum Selbstmord, und dort drüben in der Bücherecke sitzt dein Kind, das du über alles in der Welt liebst.

Egoistin. Egoistin. Nur weil du das kleine Glück der anderen nicht willst, weil deine Künstlerträume nicht in Erfüllung gingen, weil du alles banal und *pointless* findest, wie die Engländer sagen? Sinnlos?

Keine Gründe hast du zum Unglücklichsein, dafür aber sehr viele zum Glücklichsein. Das sagte David immer und immer wieder. Aber er verstand nicht Luisas Verzweiflung, er konnte sie nicht verstehen. Er konnte ihr nur mit Hilflosigkeit begegnen.

Luisa blätterte. Sie las sich fest. Ein kurzer verstohlener Blick zum Kind an seinem sonnengelben Kindertischchen. Es schien vertieft in ein neues, noch größeres Buch. Es konnte das Buch kaum festhalten, es war groß und schwer. Und nun schaute es wieder zur Mutter hinüber. Täuschte sie sich, oder war so etwas wie Besorgnis im Blick des Kindes?

Luisa versuchte ein tapferes Lächeln, winkte heftig. Zu heftig vielleicht. Doch Kinder ließen sich nicht betrügen. Das Kind schien aber beruhigt und versank wieder in seiner Bilderbuchwelt.

Ach, dachte Luisa, das ist wie in dem Film, den ich neulich im *Brennessel-Kino* in Hemsbach sah

The Hours, so enttäuschend eigentlich, und dann auch wieder nicht. Eine amerikanische Produktion, viele Oscars, zu viele Oscars.

Luisa fiel der Name der australischen Schauspielerin nicht ein, welche die Rolle der Virginia Woolf übernommen hatte. Eine Fehlbesetzung, wie sie fand. Konnte man Virginia Woolf eigentlich gerecht werden, ihrer Sensibilität, ihrer Melancholie?

Dann kam diese Szene in dem Film vor, eine Episode aus dem Amerika der fünfziger Jahre. Anrührend, ohne rührselig zu sein, eine kleine Seltenheit in einem Hollywoodfilm, wo dem Publikum meist dick aufgetragene Gefühle um die Ohren geklatscht werden. Da war eine Rückblende in die 50er Jahre: eine depressive Wohlstandsmutti hat ihr inhaltloses Leben satt und mietet sich in ein Hotel ein, um sich mit Tabletten zu vergiften. Doch sie kann es nicht tun. Sie kommt zurück. Ihr kleiner Sohn, den sie bei der

Kinderfrau abgegeben hat, hat alles gemerkt. Der Kleine hätte den Oscar verdient, mindestens einen. Luisa schaute zu ihrem Kind hinüber. Das Kind im Film hatte die Mutter ebenso angesehen, wie ihr Kind sie jetzt ansah. Nein, sie würde es nicht tun können, ebenso wenig wie die Frau in dem Film.

Luisa winkte beschwichtigend in die Kinderecke hinüber.

Ich komme gleich. Hast du ein schönes Buch gefunden? Ich suche noch.

Ach, es war nicht nur das Kind. Das schlechte Gewissen, David, der ihr vorhielt, dass sie doch alles hatte: ein liebevolles Zuhause, Gesundheit, und mein Gott, als junge hübsche Frau keine finanziellen Sorgen, da gab es doch wirklich keinen Grund zu Depressionen. Und: Sag das nie wieder, das mit dem Schlussmachen. Das Allerwichtigste ist doch: Wir lieben uns, wir lieben unser Kind. Denkst du nicht an mich und an die Kleine? Ja, ja, es stimmte alles, sie liebte doch das Kind, sie liebte ihren Mann.

Einmal hatte David ihr damit gedroht, sie zu verlassen und sich eine unbeschwerte, immer fröhliche Frau zu suchen. Also sagte sie es nie wieder, das mit dem Schlussmachen. Aber das Denken und vor allem das Fühlen, das lässt sich nicht einfach abstellen.

Nur Feiglinge denken daran, sich umzubringen. Nur Feiglinge.

Das sagten alle, alle.

Nein, Shakespeare sagte es nicht. Er lässt Hamlet doch genau das Gegenteil sagen.

Luisas geliebter Dichter, der Größte von allen, der doch alles wusste über die ewig alte Welt, über die Menschen, die er eigentlich … verachtete? Zumindest entlarvte.

Sein oder Nichtsein, das sprach sich so locker, das zitierte sich so leicht bei Konferenzen, bei Partys, amtlich und privat, das machte Eindruck, denn man war ja gebildet.

Und die meisten wussten gar nicht, was sie da zitierten. Einen Satzfetzen, bedeutungsschwer, aus Hamlets Monolog. Doch welche Ungeheuerlichkeit war es, die Hamlet da von sich gab.

Und wir tun es dann doch nicht, dachte Luisa. Wie hatte Shakespeare es damals nur geschafft, dass seine Zeitgenossen ihn für diese ketzerischen Zeilen nicht auf dem Scheiterhaufen verbrannten? Oft schon war ihr dieser Gedanke im Kopf herumgegangen. Zu einer Zeit, wo Selbstmörder mit Verbrechern gleichgesetzt wurden. Doch der Dichter sagt: Nicht der Selbstmörder ist ein Feigling, sondern der, der weiterlebt.

So gingen Luisas Gedanken. Feige war sie. Aus Angst vor dem *unentdeckten Land, von des Bezirk kein Wandrer wiederkehrt* zögerte sie. Aber es war nicht allein die Furcht vor dem unbekannten Land. Es war die Endgültigkeit, und dann das Gefühl, vielleicht doch etwas zu verpassen. Luisas Herz schlug bis zum Hals, denn sie hatte eine plötzliche Vision.

Sie stellte sich vor, jetzt und hier und auf der Stelle tot umzufallen. Ein dumpfer Aufprall, vielleicht sähe sie im Fallen das Erstaunen des Buchhändlers, die Finger ihres Kindes, das dort fröhlich am gelben Tisch die Seite des Bilderbuchs umschlug. Dann nichts. Nichts.

Nie mehr die Dinge, die sie liebte. Das seltsam hohle Rasselgeräusch in den abgeblühten Akeleistauden, wenn sie durch den engen Gartenweg ging und zufällig die trockenen Stängel streifte. Der Lavendelduft an einem frühen Sommermorgen nach einem kühlen Regen, wenn sie die Terrassentür öffnete.

Sogar die eitle Zufriedenheit, wenn auch kurzlebig, nach einem Kleiderkauf, der vielleicht nur selbst wieder eine Folge von Frust war. Die Begegnung, seltenerer Art, mit Gleichgesinnten.

Nie mehr die Digitalispflanzen abzuschneiden, die schwer zu Boden hingen, bevor sie abknickten und starben.

Die Hundstage in ihrer Trägheit, die einem ein Alibi zum Faulenzen gaben. Die Herbsttage mit ihren einsamen Wanderungen im Nebel, durch den ab und zu das Gold der Blätter hindurchschimmerte. Die Tage zwischen Weihnachten und Neujahr, an denen man sich einigeln konnte wie ein Tier im Winterschlaf, ohne Pflichten, nur existierend. Und nichts begehrend.

Und ihr Kind, sein Gesicht im Schlaf, den Mund leicht geöffnet, doch nicht hässlich und grotesk und idiotisch wie bei den Erwachsenen, sondern überirdisch schön, die Augenlider blau geädert und transparent. Nie wieder die Stunden mit ihrem Mann, nie wieder der kleine Tod, die Vorahnung des endgültigen, großen Todes, im lustvollen Verlöschen der Sinne. Nie wieder all das. Panik ergriff Luisa. Sie klappte das Buch zu. Sie stellte es in das Regal zurück.

Während sie zu ihrem Kind in seiner Leseecke zurückging, fielen ihr die Worte ein, die sie erst vor einigen Tagen irgendwo aufgeschnappt hatte. Ach ja. Es war in einem Café gewesen, am Nachbartisch, wo sich zwei Freundinnen über ihre Probleme unterhielten.

Eine sagte: »Manchmal möchte ich am liebsten aus dem Fenster springen. Aber weißt du, was mich davon abhält? Meine Pinnwand.«

»Deine Pinnwand?«, die Freundin lachte verständnislos.

»Ja, meine Pinnwand. Da gibt es immer irgendwelche Zettel mit Terminen. Es gibt immer einen Termin. Da kann ich doch nicht aus dem Fenster springen?«

Luisa hatte diese Bemerkung und überhaupt diese Begründung zuerst für banal und geschmacklos gehalten. Doch es war im Banalen auch immer etwas Wahres. Es gab unentwegt etwas zu erledigen in dieser lausigen, unvollkommenen Welt.

Luisa ging mit dem Kind zur Kasse. Es hatte ein Buch mit vielen Tieren ausgesucht.

Schau mal, Mama, die Giraffe lächelt, sagte die Kleine.

Die Giraffe lächelte wirklich.

Als Luisa ihren dickbauchigen Geldbeutel auf der Theke ablegte, um das Kinderbuch in der hübschen Einkaufstasche entgegenzunehmen, stieß sie beinahe an einen ganzen Stapel türkis und silbern glänzender Bücher.

Ach ja, das waren die Glücksverkünder des Bestsellerautors Ignaz Blau, die zurzeit in allen Buchhandlungen des Landes ganz oben auf den Ladentheken lagen und versprachen: *Der innere Friede kommt auch zu dir.* Und *Das Glück, zum Greifen nah.*

Die Menschen mussten sehr friedlos und unglücklich sein, wenn sie Rezeptbücher für das Glücklichsein brauchten.

Als die Ladentür mit lautem Gebimmel zugegangen war und Luisa mit dem Kind zum Auto ging, sagte die Kleine auf einmal: Mama, hast du das Buch gekauft, das du so lange angeguckt hast?

Nein, mein Schatz. Ich glaube, ich brauche es nicht.

Das Kind an der Hand der Mutter fing an zu hüpfen, zweimal rechtes Bein, zweimal linkes Bein.

In Luisas Kopf erschien blass das Wort »vorläufig« und verschwand wieder.

Sie nahm das Kind, setzte es behutsam in den Kindersitz, schnallte es an und fuhr davon.

Sie würde es nicht tun. Zumindest nicht vorläufig.

Erschüttert legte Charlotte das Manuskript aus der Hand.

In einem Zug hatte sie dieses Bekenntnis einer gequälten Seele gelesen, atemlos. Sie hatte damals nichts geahnt von den künstlerischen Ambitionen ihrer Schülerin, die sie immerhin in allen ihren drei Fächern unterrichtet hatte: Deutsch, Englisch und Kunst.

Cornelias Talent hatte sie erkannt und mit Bestnoten honoriert, doch diese verzehrende Sehnsucht nach Anerkennung war ihr verborgen geblieben.

Die Seelenqual der jungen Frau, die gegen ein schlechtes Gewissen ankämpfte in ihren Versuchen, die perfekte Ehefrau und Mutter zu sein! Die Schwierigkeit, als depressiv veranlagter Mensch in einer Spaßgesellschaft zu bestehen. Die Sehnsucht nach künstlerischer Anerkennung. Der Kampf ums Überleben, körperlich und seelisch.

Und wer war eigentlich diese Freundin: Petra? Bettina Jakob? Aber es gab viele Bettinas auf dieser Welt.

Charlotte griff nach dem Teehumpen mit den vielen aufgedruckten

Shakespeare-Zitaten. Ihr Blick fiel auf den Spruch: *Love is merely a madness*. Ja, Liebe konnte der pure Wahnsinn sein.

Sie trank, schüttelte sich. Der Tee war kalt geworden. Sie hatte ihn über der Lektüre vergessen. Sie streichelte über Pucks Kopf, der ganz nahe zu ihr herangekommen war, als merke er, wie sehr das Lesen sie mitnahm.

»Bist mein Guter«, sagte sie und kraulte das Fell zwischen seinen Ohren.

Das Telefon klingelte.

Noch mal Friederike Bruckner?

Doch diesmal war es Hauptkommissar Guldner. Er entschuldigte sich, dass er sich so lange nicht gemeldet hatte.

Die Sache mit der Obduktion hatte sich ewig hinausgezögert, weil es andere, viel dringlichere Fälle gab. Offenkundige Morde. Die pathologische Untersuchung hatte übrigens keinen Hinweis darauf ergeben, dass es sich bei Cornelia Waltz um Tod durch Fremdeinwirkung handelte. Die Staatsanwaltschaft hatte den Fall endgültig abgeschlossen mit dem lapidaren Verweis, dass Unfälle im häuslichen Bereich zu den häufigsten Todesursachen zählten.

Cornelia Waltz war beim Hausputz eine sehr steile Steintreppe hinabgestürzt und hatte sich dabei tödliche Verletzungen zugezogen.

Charlottes spontaner Gedanke bei dieser Mitteilung war, dass sie sich die romantische, verträumte und melancholische Cornelia, die sie kannte, nicht beim Putzen vorstellen konnte.

»Und der anonyme Brief, Herr Guldner?«

»Der wird ad acta gelegt als Beispiel dafür, was anonyme Briefe, die bei der Polizei eingehen, letztendlich oft sind: irreführende Pamphlete, von Psychopathen verfasst.«

Hauptkommissar Guldner war ein schlechter Schauspieler.

Charlotte hörte aus seiner Stimme einen Zweifel heraus. Er war aber machtlos gegen das Verdikt der Staatsanwaltschaft.

»Es ist, wie es ist, Frau Rapp.«

Nach einer kleinen Kunstpause bemerkte er wie beiläufig:

»Aber ich rufe noch wegen einer anderen und rein privaten Sache an. Ich habe zwei Karten für die Schwetzinger Festspiele. Mein Bekannter ist leider verhindert. Das ist am Pfingstmontag, also in zehn Tagen. Hätten Sie Zeit und Lust, mitzukommen?«

»Sie sind auch ein Fan der Schwetzinger Festspiele?«

»Ihr Erstaunen in Ehren, Frau Rapp. Aber halten Sie Polizisten für Kulturbanausen?«

Charlotte lachte und fragte: »Was ist es denn? Das Programm an Pfingsten, meine ich.«

»Händel und Bach. Ein Barockabend mit der Sopranistin Christiane Karg, dem Barockensemble Arcangelo unter dem Leiter Jonathan Cohen.«

»Oh. Hochkarätig. Was für ein Zufall. Ich habe mir die Veranstaltung im Programmheft angestrichen, habe aber gezögert, weil ich vor kurzem erst eine andere Aufführung im Rokokotheater besucht habe.«

»Der Barockabend ist im Mozartsaal. Notieren Sie den Termin. Pfingstmontag. 25. Mai, 19 Uhr. Ich freue mich auf den Konzertabend.«

»Ich mich auch.«

»Bis in zehn Tagen dann, Frau Rapp. Es sei denn, wir würden uns vorher doch noch eher auf Arbeitsbasis treffen.«

Charlotte wollte noch etwas sagen, aber Hauptkommissar Guldner hatte schon aufgelegt.

Mit seinem mysteriösen letzten Satz im Ohr räumte Charlotte ihren Teehumpen weg. *My heart is ever at your service*, stand da zu lesen. Mein Herz ist dir immer zu Diensten.

Sie hatte ganz vergessen, dem Hauptkommissar von Friederike Bruckners Besuch und von Cornelias Kurzgeschichte zu erzählen.

Aber so wichtig war das ja nun bei der Lage der Dinge nicht mehr.

Charlotte freute sich auf den Abend in Schwetzingen und wollte bis dahin nur noch an Schönes denken.

Kapitel 9 | *Süße Stille, sanfte Quelle*

Dieser 25. Mai 2015, der Pfingstmontag, war ein nasskalter, ungemütlicher Tag mit viel Wind.

So ganz und gar nicht sommerlich und kein bisschen romantisch sah der Schwetzinger Schlosspark aus, anders als vor wenigen Wochen zuvor beim Konzert der Sopranistin Krassimira Stoyanova. Doch als Charlotte neben Hauptkommissar Guldner im Mozartsaal saß, war sie wie immer überwältigt von der zauberhaften Atmosphäre, die hier herrschte. Nur eine halbe Stunde von Birkenbach weg, und man war mitten in einem anderen Jahrhundert. Die Händelinterpretin Christiane Karg war auf andere Art als ihre bulgarische Kollegin anmutig und stimmgewaltig, und mit ihrer innigen Interpretation der zeitlosen Arien eroberte sie die Herzen des Publikums im Sturm. Die Kandelaber, die alten Instrumente des Barockensembles, alles passte und verbreitete eine Stimmung von Harmonie und innerer Ruhe.

Nichts Besseres für ein krankes Herz als diese Barockmusik, die dem Rhythmus des menschlichen Herzens angepasst ist.

Schade, dass Bernhard nicht neben mir sitzt, dachte Charlotte. Wie ich ihn vermisse.

Die Liedtexte priesen den Zauber der sommerlichen Natur und ein wenig auch das unbesorgte Leben.

Süße Stille, sanfte Quelle
ruhiger Gelassenheit,
sang die Sopranistin,

Flammende Rose, Zierde der Erden,
glänzender Gärten bezaubernde Pracht.

So zeitlos sind diese Texte, dachte Charlotte, und deshalb so nah bei uns.

Charlotte war ganz und gar kein gläubiger Mensch im Sinn von religiös und kirchengläubig, doch bei den Zeilen *Meine Seele hört im Sehen, wie, den Schöpfer zu erhöhen, alles jauchzet, alles lacht* musste sie ein wenig schlucken, und sie bemerkte, wie ihr Begleiter ähnlich bewegt schien.

Da entdeckte sie auf einmal einige Reihen vor sich im Halbprofil ein bekanntes Gesicht. Die markante Nase, das energische Kinn, das hellblonde dichte Haar. Der Mann war Florian Waltz. Sie war so erstaunt, dass sie für einen Moment dem Vortrag auf der kleinen Bühne da oben nicht folgen konnte.

Geradezu schockiert aber nahm sie eine junge Frau wahr, die schräg vor Florian Waltz saß und sich heimlich und verstohlen immer wieder nach ihm umsah.

Die Frau war Bettina Jakob. Die heimlichen Blicke wurden von dem Mann ebenso verstohlen mit einem knappen Kopfnicken beantwortet.

Die Blicke der jungen Frau verrieten, dass es knisterte zwischen den beiden. Warum sitzen sie nicht nebeneinander, fragte sich Charlotte.

Aber nein, das geht doch nicht. Sie müssen so tun, als ob sie sich nicht kennen. Dies ist eine verbotene Liebe. Bin ich wieder mal romantisch, dachte Charlotte. Vielleicht bilde ich mir da was ein. In diesem Moment drehte sich Bettina Jakob nochmals um, spitzte ganz flüchtig die hübschen, sinnlichen Lippen zu einer Art Kussmund in die Richtung des schräg hinter ihr sitzenden Mannes. Der Mann verzog leicht das Gesicht, wie es Charlotte vorkam. Die Szene hatte etwas Komplizenhaftes und Verschwörerisches an sich.

Dies war kein eifersüchtiger Othello, wie Cornelias Schwester angedeutet hatte, sondern ein Casanova. Ein Fremdgeher. Wie lange wohl das Verhältnis schon bestand?

Charlotte war derart in Gedanken, dass sie erschrak, als ihr Begleiter sie am Ärmel zupfte und sagte: »Pause, Frau Rapp. Na, Sie sind ja noch ganz benommen von der Musik. Kommen Sie, wir gehen hinaus ins Foyer.«

Der Schlossgarten lud heute die Konzertbesucher wirklich nicht ein, die Pause draußen zu verbringen und ein wenig zu promenieren.

Hauptkommissar Guldner war etwas erstaunt, dass Charlotte sich hinter ihm zu verstecken schien und ihn zu einem der weißen hohen Tische im hintersten Eck des Foyers hin lotste.

»Ich will auf keinen Fall erkannt werden«, flüsterte sie. »Ich habe zwei Leute im Publikum entdeckt, denen ich nicht begegnen möchte. Ich erzähle Ihnen alles später.«

»Ist ja spannend«, sagte Guldner. »Aber ich hole uns was zu trinken, ja?«

Er kam mit zwei Gläsern Sekt zurück. Von Florian Waltz und Bettina Jakob war weit und breit nichts zu sehen.

Es läutete, die Pause war vorüber. Charlotte wartete bis ganz am Schluss, um zu ihrem Platz zurückzugehen. Sie war froh, dass sie ziemlich weit hinten saß. Es war eine Marotte von ihr, nie ganz vorne zu sitzen. Einmal, als man sie zu einem Konzert in den Mannheimer Rosengarten eingeladen hatte, konnte sie in der ersten Reihe die Schweißtropfen des dicken Baritons sehen und fast riechen. Es war abstoßend gewesen.

Ein Konzert ist zum Hören, nicht zum Sehen da, sagte sie sich außerdem. Nach der Pause wiederholte sich das gleiche verstohlene Blickegeplänkel des Paares vor ihr. Heimlicher Blick der Frau, kurzes, fast unmerkliches Kopfnicken des Mannes.

»Gehen wir schnell raus, Herr Guldner? Noch vor der Zugabe?«, flüsterte Charlotte ihrem Begleiter zu. »Unhöflich, aber besser so.«

Draußen im Foyer sagte sie: »Wir gehen doch noch eine Kleinigkeit essen? Da erkläre ich Ihnen alles.«

»Sie machen mich neugierig.«

Im Foyer war ein Verkaufsstand aufgebaut. Charlotte ging nie von einem Konzert weg, ohne eine CD gekauft zu haben, vor allem, wenn es ihr so gefiel wie dieses hier mit Christiane Karg. Unbesehen kaufte sie schnell eine CD mit Richard Strauß-Interpretationen der Künstlerin.

Der Regen hatte aufgehört.

Charlotte strebte mit ihrem Begleiter dem Torbogen des Schlosses zu. Sie drehte sich noch einmal nach rechts. Die Konzertgäste verließen den Flügel, in dem sich der Mozartsaal befand. Da erblickte Charlotte aus dem Augenwinkel Florian Waltz, der sich zu den Rabatten des Schlossgartens hin bewegte. In einigem Abstand folgte ihm, auf hochhackigen Schuhen staksend, Bettina Jakob. Das Paar wollte wohl noch ein wenig im Park zusammen promenieren.

Bettina Jakob hatte den Mann eingeholt. Sie hängte sich nun, da sie sich von der Menge entfernten, bei ihm ein.

»Dort drüben«, sagte Charlotte. »Da sind die zwei, vor denen ich mich versteckt habe. Sie gehen in den Schlossgarten.«

Das Paar war verschwunden.

»Ich werde immer neugieriger«, sagte Guldner. »Gehen wir ins Brauhaus rüber? Da kann man gut essen.«

Sie fanden noch einen freien Zweiertisch in einer Nische und bestellten sich beide Flammkuchen, dazu einen Leimener Wein.

Am Nachbartisch saß ein junges Schickimicki-Pärchen. Sie schauten blasiert und gelangweilt aus, dann ergriffen beide gleichzeitig ihre Smartphones und wischten. Ein modernes Liebespaar. Charlotte und Guldner sahen sich belustigt an. Beide dachten dasselbe.

Dann fragte Guldner seine Begleiterin: »Welche Gespenster haben Sie eigentlich gesehen, Frau Rapp? Sie sind ja zwischendurch ganz blass geworden.«

Charlotte berichtete dem Hauptkommissar von ihren Beobachtungen. Er reagierte ungläubig.

»Sind Sie sicher, dass das Florian Waltz war? Zwei Wochen nach dem Tod seiner Frau geht er in ein Konzert?«

»Warum nicht? Er hat sich ja nicht die *Lustige Witwe* angeguckt und dies war auch kein AC/DC-Rockkonzert. Florian ist selbst ein begabter Musiker. Er hat als Schüler souverän Klavier und Geige gespielt. Und die Texte und Lieder waren ja auch eher ernst als lustig. Sie zitierte: *Die ihr aus dunklen Grüften* …«

Charlotte war ein bisschen beleidigt, weil Guldner ihre Beobachtungen anzuzweifeln schien.

»Es war mit Sicherheit Florian Waltz. Und es war Bettina Jakob, und nun muss ich Ihnen noch etwas anderes erzählen.«

Guldner erfuhr nun vom Besuch der Schwester der Verstorbenen, von ihrem Verdacht, von der Bemerkung über die Eifersucht ihres Schwagers und auch von Cornelias Kurzgeschichte.

»Ich zeige Ihnen die Story. Da steht zwar nichts von Eifersucht, wohl aber, und das bekommt nun eine besondere Bedeutung, von einer Art Drohung.«

»Welche Drohung?«

»Der Mann in der Story droht seiner depressiven Frau, sich eine lebenslustigere Frau zu suchen, wenn sie ihn weiter mit ihren Problemen belästigt. Mit ihrer unbegründeten Traurigkeit.«

»Eine Frau wie Bettina Jakob?«

»Ja, eine Frau wie Bettina. Richtig kombiniert, Herr Hauptkommissar.«

»Ach, nennen Sie mich doch nicht immer Herr Hauptkommissar, liebe Frau Rapp.«

»In Ordnung. Dann bin ich aber auch Charlotte für Sie.«

»Charlotte. Ein schöner Name.«

Und wie soll ich Sie nun nennen? Haben Sie überhaupt einen Vornamen?«

»Ja, aber lachen Sie nicht.«

»So schlimm?«

»So altmodisch. Ferdinand.«

»Oh wie schön. Ferdinand wie bei Shakespeare. Ferdinand und Miranda. *Der Sturm*.«

»Wir kommen einfach nicht los von Shakespeare, wie es aussieht.«

»Hoffentlich nicht, Ferdinand.«

»Wie hat Ihnen übrigens das Konzert gefallen, Frau Ra… Charlotte? Vor lauter Spekulationen über das Techtelmechtel Florian Waltz-Bettina Jakob haben wir noch gar nicht darüber reden können.«

»Wundervoll. Bernhard hätte …«

Sie hielt inne.

»Entschuldigung, wie taktlos von mir. Und ich habe mich noch nicht einmal für Ihre Einladung bedankt.«

»Kein Grund, sich zu entschuldigen. Ich habe auch ähnliche Gedanken gehabt während des Konzerts. Händel war der Lieblingskomponist meiner Frau.«

Sie saßen sich eine Weile schweigend gegenüber.

»*Süße Stille, sanfte Quelle ruhiger Gelassenheit*«, sagte Charlotte. »Das strebe ich schon mein Leben lang an: ruhige Gelassenheit.«

»Ja, und mir fällt die Gelassenheit momentan ja auch nicht leicht. Und vor allem nach diesem Abend und nach all dem, was Sie mir erzählt haben, Charlotte.«

»Sie meinen Friederike Bruckners Verdacht und die Sache mit den beiden Turteltauben?«

»Wenn es Turteltauben sind. Warten wir ab.«

»Wie wäre es, wenn Sie morgen Abend bei mir vorbeikommen? Ich gebe Ihnen dann Cornelias Geschichte zum Lesen.«

»Gerne.«

»Und ich darf nun wenigstens für das Essen zahlen, wenn Sie schon kein Geld für das Konzertticket annehmen?«

Die Frage war ein Befehl.

Als Charlotte zu ihrem Auto auf dem Messplatz zurückging, das sie bei allen ihren Schwetzingen-Besuchen dort parkte, musste sie auf einmal lächeln. Hauptkommissar Guldner hatte nicht nur einen altmodischen Vornamen. Auch seine Manieren waren altmodisch.

Zum Abschied hatte er doch tatsächlich ihre Hand geküsst. Das war ihr noch nie passiert.

Im Schein der hohen Lampen, die den Messplatz erhellten, erblickte sie einen jungen Mann, der ihr bekannt vorkam. Von mittelgroßer Statur, mit gebeugtem Rücken und mit hastigen Bewegungen versuchte er, seinen Sportwagen aufzuschließen. Er pfiff vor sich hin. Ja, sie kannte ihn. Es war Tristan Juhnke. Oder hatte sie sich geirrt? War dies der Tag des Gespenstersehens?

Charlotte stieg in ihren Wagen. Es war spät geworden. Die Uhr in ihrem Auto zeigte zehn Minuten vor Mitternacht an.

Der Sportwagen war verschwunden.

Kapitel 10 | *Post für die Kripo*

Ferdinand Guldner ließ auf sich warten. War er sonst nicht immer pünktlich gewesen, der Herr Hauptkommissar? Charlotte wurde ungeduldig, als der vereinbarte Zeitpunkt des Besuchs schon um eine halbe Stunde überschritten war.

Da hörte sie ein Auto unten an der Einfahrt ihres Häuschens.

Puck rannte schwanzwedelnd seiner Herrin voraus und nahm die freundliche Reaktion des Gastes gleich zum Anlass, sich auf den Rücken zu legen und sich ausgiebig am Bauch kraulen zu lassen.

»Oh, das macht Puck nicht bei allen Gästen«, lachte Charlotte.

»Wir haben immer einen Hund gehabt«, erwiderte Guldner. »Aber seit dem Tod meiner Frau ist gar nicht daran zu denken, sich ein Tier anzuschaffen. Ich bin nie daheim. Entschuldigen Sie die Verspätung, Charlotte, aber es gab noch eine Überraschung. Das wird auch Sie interessieren.«

Charlotte führte den Gast ins Wohnzimmer.

Er sah sich um und konstatierte: »Einfach gemütlich bei Ihnen hier. Ich mag antike Möbel und all das. Aber meine Frau stand auf modern und so ist es nun geblieben. Unverändert. Und nicht so anheimelnd wie bei Ihnen.«

Charlotte hatte etwas zum Abendbrot gerichtet, und Guldner nahm dankend an.

»Ein anstrengender Tag. Ein Raubüberfall auf eine Tankstelle in Großsachsen, eine erschossene Kassiererin. In den frühen Morgenstunden war das. Aber wir haben die drei Kerls erwischt. Dank eines aufmerksamen Zeugen, der sich die Nummer des Fluchtautos gemerkt hat. Dann wollte ich Feierabend machen, und es kam etwas mit der Post. Ich darf Ihnen nur davon berichten, leider aber die Fotos nicht zeigen.«

»Fotos?«

Charlotte schämte sich ein bisschen für die Sensationslust in ihrer Stimme.

»Ja, Fotos. Von Florian Waltz und Bettina Jakob. Eindeutige Fotos. In einem Hotel aufgenommen, wie es scheint.«

»Ich hatte also Recht.«

»Und ich muss mich entschuldigen.«

»Nein. Ich hatte ja nur diese Vermutung. Und nun haben wir den Beweis.«

»Beweis wofür? Fürs Fremdgehen? Oder für mehr?«

Charlotte sagte tonlos: »Ein eventueller Beweis für ein Motiv. Ein Motiv, seine Frau loszuwerden.«

Sie fügte, fast wie zu sich selbst redend, hinzu: »Wie absurd. Friederike gab Eifersucht als Motiv an. Ihr Schwager sei ein Othello.«

»Wie kam sie eigentlich auf dieses Motiv?«

»Ich habe keine Ahnung. Ich glaube, sie hat nur laut gedacht, das war ihr so herausgerutscht. Und außerdem: Cornelia ist ja gar nicht ermordet worden. Der Fall ist doch eindeutig, oder?«

»Eigentlich schon.«

Er zuckte fast resigniert mit den Schultern und belegte sich eine Scheibe Baguette mit Parmaschinken.

Schon war Puck zu ihm hingesprungen, setzte sich dann vor ihn hin und sah ihn mit flehenden Hundeaugen an.

Guldner nahm etwas Schinken von der Platte und ließ Puck aus der Hand fressen.

»Sie verwöhnen mir den frechen Kerl!«, rief Charlotte.

»Es war nur eine einzige Scheibe«, erwiderte Guldner schuldbewusst.

Puck neigte den Kopf schief, ließ den Gast nicht aus den Augen, gab einen jammervollen Ton von sich.

Guldner nahm eine zweite Scheibe und legte sie vor Pucks Pfoten ab.

»Ich kann kein Tier leiden sehen«, sagte er.

Charlotte musste lachen, doch als Puck nicht locker ließ, sprach sie ein Machtwort.

»Ab ins Körbchen, du unverschämtes Mistvieh.«

Das Mistvieh schlich sich davon, ließ sich beleidigt in die Kissen plumpsen.

»Was tun Sie mit den Fotos?«

»Abheften. Abwarten. Wie hieß es gestern in der Händelarie: *Ruhige Gelassenheit …*«

»Sie warten ab? Sie warten … worauf?«

»Wenn ich das wüsste.«

»War eigentlich den Fotos kein Schreiben beigefügt?«

»Doch. Natürlich. Habe ich das noch nicht gesagt? Es war eine Frage. Ein Vorwurf an die Polizei: *Warum tun Sie nichts im Mordfall Cornelia Waltz?*«

»Und warum tut die Kripo nichts?«

»Wir können keinen verhören oder festnehmen, nur weil er fremdgeht. Da hätten wir viel zu tun.«

»Allerdings.«

»Ja, da müssten wir anbauen. Mehr Personal einstellen …«

Sie lachten beide bei der Vorstellung von überfüllten Polizeipräsidien.

»Ach, bevor ich es vergesse«, sagte Charlotte. Sie sprang auf und ging zum Biedermeiersekretär, wo ein brauner Umschlag auf der Schreibklappe abgelegt war.

»Das ist Cornelias Geschichte, Herr Hauptkommissar. Sorry, Ferdinand.«

Puck nutzte die Gunst des Augenblicks und schlich vorsichtig an Guldner heran. Der griff zum Teller mit der Wurst.

»Aller guten Dinge sind drei«, sagte er. »Ein Betthupferl zum Abschied.«

Puck schnappte die edle Gabe in der Luft. Seine Kieferknochen schlugen dabei aufeinander. Da musste auch Charlotte lachen.

»Jetzt haben Sie einen Freund fürs Leben gefunden.«

Sie begleitete den Besucher hinaus.

»Sie melden sich wieder?«

»Wenn es was zu melden gibt.«

Er blieb kurz stehen und deutete auf den Jasminbusch, der gerade zu blühen begann.

»Immer, wenn ich Jasminduft rieche, denke ich intensiv an meine Frau. Jasmin war ihre Lieblingspflanze.«

Mit schnellen Schritten ging er den Kiesweg entlang zu seinem Auto und fuhr in die Nacht hinaus.

Kapitel 11 | *Das Badhaus*

Irene Kolb war die erste Besucherin des Schwetzinger Schlossgartens an diesem ungemütlichen Tag Ende Mai.

Nun ist Pfingsten auch schon wieder vorbei. Die Zeit scheint zu rasen, und dieses Jahr war das liebliche Fest alles andere als lieblich, dachte sie. Sie nahm heute den Weg am Rokokotheater und am Restaurant vorbei, bog nach rechts ein zur Orangerie. Ihr kleiner Hund Moritz war offenbar so erfreut wie sie selbst, hier im Schwetzinger Schlossgarten zu sein. Irene Kolb fand es einfach prima, dass Hunde in diesem Park erlaubt waren. Aus lieber Gewohnheit kam sie einmal die Woche vom nahegelegenen Hockenheim hierher, um ihr »Ersatzkind«, wie sie den kleinen quirligen Terriermischling nannte, auszuführen.

Immer nahm sie einen anderen Weg. Jedes Mal entdeckte sie wieder etwas Neues, obwohl sie mittlerweile jede Ecke des Schlossgartens auswendig zu kennen glaubte.

Dass an diesem Mittwoch nach Pfingsten eine Überraschung der ganz besonderen Art auf sie wartete, konnte sie allerdings nicht ahnen.

Hauptsache kein Regen, dachte sie, als sie mit Moritz an der Orangerie entlangging. Sie schaute durch die hohen Fenster in den Raum hinein, in dem die Statuen gelagert waren. Die Originalskulpturen, die im Schlossgarten durch Kopien ersetzt waren, um sie vor Vandalismus und Wetterschäden zu bewahren. Sie kam zu der Allegorie des Sommers mit dem kleinen Igel unten links und blieb eine Weile davor stehen. Ihr fiel plötzlich der gruselige Chabrol-Film ein, in dem der Mörder in einer ähnlichen Frauenskulptur eine Leiche versteckt hatte. Sie ging fröstelnd weiter und näherte sich den Sphinxen, die den Weg hoch zum Apollotempel flankierten.

Irene Kolb war ein wenig außer Atem, denn sie war nicht mehr die Jüngste. Moritz war heute besonders lebhaft und zog an der Leine.

Sie musste ein bisschen lachen, denn ihr Hund, so schien es ihr, wurde ihr immer ähnlicher. *Wie der Herr, so der Hund*, hieß es im Sprichwort.

Er wird allmählich so mollig, wie ich es schon lange bin, dachte sie. Wir sollten beide weniger futtern. Nun ja: Der Speck war, zumindest was sie persönlich betraf, der reine Kummerspeck. Irene Kolb, die selbst vom Schicksal benachteiligt worden war, hatte ein großes Herz für andere benachteiligte Kreaturen, und so hatte sie Moritz adoptiert, der aus einem Land kam, in dem Hunde gar nichts galten. Aus Rumänien oder der Ukraine oder Bulgarien, sie wusste es selbst nicht genau.

Die weißen Sphinxen präsentierten ihre wohlgeformten Löwen-Hinterteile und schauten mysteriös drein.

Weshalb sollte ich verreisen, dachte Irene Kolb?

Abgesehen davon, dass sie gar nicht das nötige Geld zum Reisen besaß: Der Schlossgarten bot ihr alles, was das Herz begehrte. Die Tempel der Minerva und des Merkur, der Apollotempel und das römische Aquädukt ersetzten ihr das Reisen in die Länder der Antike, nach Griechenland und Italien. Und wenn sie über die geschwungenen japanischen Brückchen mit den weißen Balustraden ging, trug ihre Fantasie sie nach Asien.

Ihre zweitliebste Ecke im Park, die Moschee mit Innenhof und Kräutergarten, ersparte ihr das Reisen in den Orient. Und wenn sie durch den Teil streifte, der den englischen Landschaftsgärten nachempfunden war, erinnerte sie sich an ihre einzige Auslandsreise in ihrer Jugend, nämlich ihre Reise nach England in den 60er Jahren, nach *Swinging London* und nach Bath.

Nein, Reisen kam für sie schon allein aus finanziellen Gründen keineswegs in Frage.

Mit leiser Verbitterung dachte sie an ihren Exmann Rainer, der sie nach 33 Ehejahren verlassen hatte. Für eine Jüngere natürlich. Der klassische Fall.

Sie hatte ihn damals als Sekretärin bei einem Leimener Baubetrieb durchs Studium geschleift, dabei hätte sie gerne selbst studiert, am liebsten Kunstgeschichte. Aber daheim reichte das Geld nur für die akademische Ausbildung des Bruders, der aus seinen Möglichkeiten dann aber gar nichts gemacht hatte. Wenig begabt und faul, wie er war.

Rainer, der Exmann, hatte mit Ach und Krach sein Juraexamen bestanden, doch seine wahren juristischen Fähigkeiten bewies er Jahre später, als er sie beim Scheidungsprozess nach Strich und Faden betrog. Er hatte sie dermaßen über den Tisch gezogen, dass sie nun in höchst bescheidenen Verhältnissen lebte und zweimal die Woche in einer Drogerie als Verkäuferin aushalf, um einigermaßen über die Runden zu kommen. Und das mit 68 Jahren.

Moritz zog an der Leine. Er schien zu ahnen, dass seine Herrin nun zu ihrer Lieblingsecke des Schlossgartens hinsteuerte. Zur Brunnenanlage mit den wasserspeienden Vögeln, dem Laubengang mit dem Perspektiv, das *Ende der Welt* genannt wurde, und vor allem zum Badhaus.

Da vorne ist es ja schon, freute sich Irene Kolb. Das eingeschossige elegante Gebäude, in den Farben Weiß und Gelb gehalten, hatte sie schon immer fasziniert. Sie, die sich als Autodidaktin in Kunstgeschichte weiterbilden würde, solange sie lebte, wusste, dass Kurfürst Carl Theodor hier mit auserwählten Gästen diskutiert und musiziert hatte. Der Volkslegende nach war das Badhaus ein Lustschloss, in welchem der Kurfürst seine Ehegattin mit allen möglichen Mätressen betrog.

Ach, es ist mir egal, was der olle Kurfürst damals so trieb und ob er seiner Kurfürstin Elisabeth Auguste treu war oder nicht, dachte Irene Kolb. Diese Kurfürstin soll ja ziemlich eifersüchtig gewesen sein, obwohl sie selbst jede Menge Liebhaber hatte. Aber immerhin war er ein Fürst der Aufklärung und den Schönen Künsten zugetan, und ohne ihn könnte ich jetzt nicht hier mit Moritz promenieren.

Keine üble Nachrede war es allerdings gewesen, dass ihr Exmann Rainer sie betrog. Oft und gerne und nicht in einem Wasserbecken aus Marmor. Die letzte der Damen war eine sportliche Blondine gewesen, die im gleichen Tennisclub wie er war. Diese Affäre hatte das Fass zum Überlaufen gebracht. Irene Kolb war mit ihrer Geduld am Ende gewesen und hatte die Scheidung eingereicht.

Nun, im Nachhinein, war ihr klar, dass ihr Exmann an einer ausgeprägten narzisstischen Persönlichkeitsstörung litt: ein zwanghafter Fremdgeher, dabei eifersüchtig und kontrollbegierig. Das eine schloss das andere nicht aus. Zu cholerischen Ausbrüchen neigend, verwöhnte er sie ab und zu mit Blumen und Zärtlichkeiten, um sie im nächsten Moment zu demütigen und zu bedrohen. *Fremdgehen und Eifersucht sind beides Zeichen eines Mangels an Selbstbewusstsein*, den Satz hatte sie einmal in einem psychologischen Magazin gelesen.

Sie konnte eigentlich froh sein, ihn los zu sein, ihren zornigen Narziss. Er hatte sie zwar nie geschlagen, dafür aber einem permanenten Psychoterror ausgesetzt.

»Schade, dass wir nicht ins Badhaus hineindürfen, Moritzel.«

Irene Kolb sprach gerne liebevoll zu ihrem Hund.

Für Hunde verboten, besagte ein Schild.

Moritz zog wie verrückt an der Leine, zerrte sein Frauchen um die Ecke. An einem Gebüsch nahe des Badhauses blieb er stehen.

Sie wollte diesen Weg gar nicht nehmen, aber Moritz kläffte und war nicht zu beruhigen. Er zog sie einen kleinen Hang hoch, weiter ins Gebüsch hinein.

Das Erste, was Irene Kolb wahrnahm, war ein blonder Haarschopf. Die Sonne war gerade ein wenig durch die Wolken getreten und fing sich in einem silbernen Ohrring, ließ ihn aufblitzen.

Die Frau, sehr modisch und teuer gekleidet, lag grotesk verrenkt auf dem grasigen Boden. Die blonde Anita, ging es durch Irene Kolbs Kopf. Das geschieht ihr gerade recht. Mir den Ehemann auszuspannen nach über 30 Jahren.

Doch Anita war schlanker gewesen, fast dürr. Sportlich und drahtig und immer braungebrannt. Die gebräunte lederne Haut der Tennisspielerinnen. Diese Frau hier im Gebüsch war blass.

Außerdem waren diese Augen, die Glasaugen glichen und starr gen Himmel gerichtet waren, stahlblau. Anitas Augen waren braune Samtaugen gewesen.

Moritz begann, die Tote zu beschnüffeln. Erst jetzt nahm Irene Kolb den süßlichen Geruch wahr, der in der Luft lag.

Irene Kolbs Herz raste wie wild. Ihr wurde übel, aber sie konnte die Blicke nicht von der Leiche abwenden. Das Gesicht der Toten war grässlich verzerrt. Sie nahm Würgemale wahr, die auf den ersten Blick aussahen, als schmücke ein bläulicher Schal den weißen Hals der Frau.

Irene Kolb wunderte sich über sich selbst, dass sie nicht hysterisch schrie, sondern im Gegenteil ganz ruhig ihren kleinen Hund hochnahm und ihn forttrug von dem schrecklichen Ort.

»Da vorne, oben am Badhaus, liegt eine Leiche«, sagte sie langsam und sachlich zu dem jungen Paar, das ihr entgegenkam, verliebt umschlungen.

Die beiden dachten wohl, sie würden veralbert, denn sie kicherten. Niemand würde so ruhig bleiben, wenn er eine Leiche fand. Erst als Irene Kolb ihren Hund absetzte, sich ans Herz fasste, dann an den Kopf, und lautlos zu Boden sank, nahmen die beiden Turteltauben die Situation wahr. Während die junge Frau bei der Ohnmächtigen und dem kleinen Hund blieb, rannte der Mann auf eine kleine Gruppe von Spaziergängern zu, die gerade an den beiden Sphinx-Statuen vorbeigingen.

Die Ereignisse überschlugen sich nun. Irene Kolb, mittlerweile benommen aus ihrer Ohnmacht erwachend, sagte noch einmal: »Dort am Badhaus. Dort am Badhaus. Eine Blondine. Tot.«

Eine Frau aus der Gruppe der Spaziergänger, zufällig eine ausgebildete Krankenschwester, nahm sich der verstörten Frau an und führte sie behutsam zur nächsten Bank. Kurze Zeit später traf die Polizei ein. Und bald darauf wurde Irene Kolb, die sich soweit wieder gefangen hatte, von einem netten Kripobeamten, der sich als Hauptkommissar Guldner vorstellte, zum Mordfall am Badhaus vernommen.

Kapitel 12 | *Noch mal Schwetzingen*

Es gab schneller etwas zu melden als erwartet.

Am Abend des Mittwochs nach Pfingsten rief Ferdinand Guldner bei Charlotte an und teilte ihr in knappen Sätzen mit, dass im Schlosspark zu Schwetzingen die Leiche von Bettina Jakob gefunden worden war.

Der Gerichtsmediziner hatte vor Ort festgestellt, dass die Frau bereits in der Nacht von Montag auf Dienstag zu Tode gekommen war. Den ganzen Dienstag über war sie nicht entdeckt worden.

»Sie wissen, was das heißt, Charlotte?«

»Ich denke ja. Von Montag- auf Dienstagnacht: das heißt, Florian Waltz …«

»Ja, genau. Wir haben ihn schon festgenommen. Er wurde schließlich gesehen, wie er als Letzter mit dem Opfer zusammen war.«

Charlotte musste diese Nachricht erst einmal verarbeiten. Sie setzte sich so abrupt aufs Sofa, dass die beiden Katzen erschrocken davonstoben. Ihr Herz klopfte wie wild.

»Von wem gesehen?«

Schon, als sie die Frage stellte, wurde ihr klar, wie überflüssig sie war.

»Na ja, Charlotte, natürlich von Ihnen an allererster Stelle. Vielleicht gibt es ja noch andere Zeugen, aber zunächst sind Sie die Hauptzeugin.«

»Wie … wie ist sie …«

»Stranguliert. Am Badhaus wurde sie von einer Frau gefunden, die mit ihrem Hund da spazieren ging.«

»Ausgerechnet am Badhaus. Oje. Das ist meine liebste Ecke im Schlossgarten neben der Moschee.«

»Florian Waltz ist in Vernehmung. Mein Kollege hat ihn gerade in der Mangel. Er beteuert seine Unschuld. Er ist völlig erschüttert. Vielleicht mimt er das aber nur. Allerdings, wenn die beiden ein Paar waren, dann müsste sein Schmerz doch echt sein. Ihre Aussage ist wichtig, Charlotte. Überhaupt Ihre Beobachtungen gestern beim und nach dem Konzert. Wir haben ihm die kompromittierenden Fotos gezeigt, da gibt es nichts zu leugnen. Aber er streitet ab, bei dem Konzert gewesen und mit Bettina Jakob in den Schlossgarten gegangen zu sein. Aber er hat kein Alibi für den Abend.«

»Natürlich nicht. Ich habe ihn ja gesehen.«

»Charlotte, ich weiß, das wird schwer für Sie werden. Aber ich kann es Ihnen nicht ersparen. Sie sind unsere Hauptzeugin, und Sie müssen ins Präsidium kommen.«

»Sofort?«

»Nein. Morgen früh. Gleich um 8 Uhr, wenn es geht. Danke und gute Nacht.«

»Das ist nun aber ein wirklich makabrer Wunsch: gute Nacht. Unter diesen Umständen. Schlafen Sie tief und fest.«

»Ja, ich weiß. Trotzdem. Denken Sie an vorgestern. Die Händelarie: *Ruhige Gelassenheit.*«

Charlotte legte auf, ohne zu antworten.

Kapitel 13 | *Liebe ist der pure Wahnsinn*

Sehr zögerlich fuhr Charlotte am nächsten Morgen zum Kommissariat. Ferdinand Guldner begrüßte sie herzlich und sprach beruhigend auf sie ein, denn sie war auffallend blass und einsilbig.

»Charlotte, ich ahne, was in Ihnen vorgeht.«

»Das glaube ich aber kaum. Da ist ein ehemaliger Schüler von mir, den ich besonders gut leiden konnte, und ich muss ihn nun sozusagen verpetzen. Dass er fremdgegangen ist, das ist eine Sache. Aber nun ist er ja ein potentieller Mörder.«

»Sie sagen genau das aus, was Sie wahrgenommen haben am Konzertabend. Nicht mehr und nicht weniger. Das hat nichts mit Verpetzen zu tun. Wer weiß, vielleicht ist Ihre Aussage in gewisser Weise ja eher eine Entlastung.«

Charlotte in ihrer Nervosität begriff nicht ganz, was Guldner damit sagen wollte, doch es sollte sich herausstellen, dass er die Lage richtig beurteilte.

Florian Waltz stand der Schock förmlich ins Gesicht geschrieben, als er seine ehemalige Lehrerin eintreten sah. Als Guldner sie als Zeugin vorstellte, wurde er aschfahl.

»Nicht als Zeugin für den Mord, Herr Waltz. Keine Angst. Nein, Frau Rapp hat eine ganz andere Aussage zu machen. Sie bestreiten immer noch, mit Bettina Jakob gestern Abend das Konzert besucht zu haben? Mit ihr anschließend im Schlossgarten gewesen zu sein?«

»Natürlich. Was sollen diese Unterstellungen?«

»Sie haben kein Alibi für den Abend des Pfingstmontags, auch keins für die Nacht.«

»Ich war zuhause. Habe mir klassische Musik angehört. Meine Art, um meine Frau zu trauern.«

Er senkte den Kopf. Er saß wie zerstört da, und Charlotte wäre gerne zu ihm rübergegangen, hätte tröstende Worte zu Cornelias Tod gesprochen. Doch wie grotesk. Um wen trauerte er eigentlich wirklich?

Als Charlotte ihre Aussage gemacht hatte, präzise und detailliert, lachte Florian Waltz auf. Er vermied es, ihr in die Augen zu sehen, besah sich schweigend die Innenfläche seiner Hände, als wolle er die Lebenslinie studieren.

Dann stieß er bitter hervor: »Na dann.«

Charlotte kam sich wie eine Verräterin vor.

»Na dann«, wiederholte Florian Waltz.

Dann seufzte er.

»Dann bin ich ja fast froh, dass ich noch ein zweites Mal als Ehebrecher entlarvt bin. Ja. Wir hatten ein Verhältnis, das zeigen ja schon die Fotos. Und wir haben uns zum Konzert getroffen, getrennt, um nachher zusammen zu sein. Ich hatte mit Bettina eine Liebesbeziehung, eine sehr sorglose. Endlich mal eine unbeschwerte Beziehung mit einer Frau, die das Leben in vollen Zügen genießen konnte, für die die Erde kein Jammertal war. Ja, wir hatten viel Spaß zusammen, Bettina und ich. Und wir waren zusammen beim Tauchurlaub. Sie hat mein Hobby geteilt. Cornelia hat nie etwas geahnt von allem. Ich war öfter geschäftlich unterwegs. Bettina hat mich begleitet, und das seit über einem Jahr. Wir sind uns bei einer Party wiederbegegnet. Seit dem Abitur haben wir uns nicht mehr gesehen, und es hat geknistert. Nicht nur geknistert. Wir haben Feuer gefangen. Es war das, was man eine *amour fou* nennt. Ich kam nicht mehr von ihr los. Cornelia hatte an dem Party-Abend Kopfweh, wie so oft. Sie hat Partys sowieso gehasst. Sie war ja eine Einzelgängerin, saß lieber daheim mit einem Buch. Ich wollte sie verlassen, schon lange, aber da war unsere Kleine, Miranda. Und Cornelia hat in allen Krisensituationen damit gedroht, sich umzubringen. Der Fluch der Familie Bruckner. Das Suizid-Gen. Die Psychologen reden das gerne schön, leugnen es sogar. Klar, das müssen sie ja, Depression muss in jedem Fall therapierbar sein, sonst kann die ganze Zunft einpacken. Und sie wollen ja was verdienen, die Damen und Herren Seelentüftler.«

Er lachte bitter auf. »Ich habe Cornelia geliebt, aber dieser Dauerstress … Wissen Sie, was es bedeutet, einen depressiven Partner zu haben?«

Florian Waltz machte eine Pause und fuhr nach der rhetorischen Frage fort: »Sie wissen es nicht. Man möchte helfen, kann es aber nicht. Die Gesellschaft ist keiner Krankheit gegenüber so verständnislos wie der Depression, dabei heißt es immer, Depressionen seien eine Volkskrankheit. Man tut für kurze Zeit verständnisvoll, zum Beispiel, wenn sich ein Prominenter umbringt. Wie beim Tod von dem beliebten Fußballer im November 2009, wie hieß er noch? Der sich vor den Zug warf?«

»Robert Enke«, warf Hauptkommissar Guldner ein, doch er wollte den Redefluss von Florian Waltz nicht bremsen.

Florian Waltz sprach weiter: »Genau, den meine ich. Da gehen tausende mit bei der Beerdigung und einen Tag danach ist alles wieder, wie es war. Wenn jemand Krebs hat, kann er mit dem vollen Mitgefühl seiner Mitmenschen rechnen. Doch die Depressiven sind allein in ihrer Not. Und auch ihre Partner sind hilflos. Das hat doch damals die Frau von Robert Enke bei der Pressekonferenz so erschütternd deutlich gesagt. Und mir ging es als Cornelias Ehemann nicht anders. Ich war am Ende meiner Kräfte.«

»Sprechen Sie weiter, Herr Waltz. Sie sind gerade dabei, mich von Ihrer Unschuld zu überzeugen.«

»Ja, warum nur sollte ich die Frau umbringen, mit der ich zum ersten Mal im Leben das erlebt habe, was man eine sorglose, ja schwerelose Beziehung nennen könnte?«

Er lachte ein wenig unmotiviert: »Die Leichtigkeit des Seins nach all der Schwere. Finden Sie Bettinas Mörder. Schnell.«

»Ja, warum sollten Sie Bettina umbringen? Der Weg war ja frei für Sie beide. Durch diesen … Unglücksfall.«

Das Zögern des Hauptkommissars vor dem letzten Wort ließ Florian Waltz hochfahren.

»Was soll dieser Unterton?«, fragte er.

»Nun ja, Ihr Fremdgehen und Ihre Gefühle für Bettina Jakob nehmen Ihnen jegliches Motiv für den Mord in Schwetzingen. Dafür wird die These vom unglücklichen Fallen Ihrer Frau Cornelia fragwürdig. Zumal es einen anonymen Brief gab, der Sie nun belasten könnte.«

Guldner kramte in einem Aktenordner, legte Waltz den ersten anonymen Brief vor.

Bevor der Beschuldigte etwas erwidern konnte, hielt Guldner ihm noch mal den Ordner mit den kompromittierenden Fotos unter die Augen.

»Sehen Sie, dieser anonyme Brief will uns doch klar und deutlich sagen: Der Ehemann hatte eine Affäre und hat deshalb seine Frau ins Jenseits befördert.«

»Unerhört«, stammelte Florian Waltz. »Wer hasst mich derart?«

Dann rief er aus: »Dahinter steckt sie. Meine Schwägerin Friederike. Die hat mich nie leiden können. Von Anfang an.«

Charlotte fiel das Gespräch ein, das sie und Friederike geführt hatten. Friederike hasste ihren Schwager vielleicht, aber auf andere Art. Hatte sie nicht von der pathologischen Eifersucht ihres Schwagers gesprochen?

Und nun Florian in der Rolle des Casanova, nicht des Othello.

Nein. Die Fotos waren nicht von Friederike geschickt worden.

Eine Gestalt im Schein einer hohen Straßenlaterne auf dem Schwetzinger Messplatz kam Charlotte in den Sinn. Und sie erinnerte sich an eine andere Beobachtung, der sie am Abend nach dem Konzert keine Bedeutung beigemessen hatte. Tristan Juhnke hatte eine sehr große Umhängetasche von der Art gehabt, wie Fotografen sie tragen.

Ich muss das unbedingt aussagen, dachte Charlotte. Aber nicht jetzt. Florian Waltz ist völlig erledigt.

»Wir müssen Sie noch eine Nacht hier behalten, Herr Waltz«, sagte der Hauptkommissar. »Bis die DNA abgeklärt ist und dies und das.«

»Natürlich werden Sie meine DNA finden. Bettina und ich waren ein Liebespaar, wir haben uns angefasst, auch an jenem Abend, in jener Nacht. Wir sind zusammen zum Badhaus geschlendert, haben uns zwischendurch geküsst, leidenschaftlich umarmt. Wir haben uns dann aber getrennt, sind verschiedene Wege gegangen, wollten uns am nächsten Tag neu verabreden. Ich mache mir Vorwürfe, dass ich sie alleine habe weitergehen lassen. Da hat sie ihren Mörder getroffen. Und was meinen Sie mit dies und das? Wollen Sie mir einen Mord an meiner Frau anhängen, wenn ich nun ganz eindeutig meine Geliebte nicht ermordet habe?«

Er schrie diese letzten Worte, beruhigte sich dann aber.

Mit einem ironischen Lächeln wandte er sich Charlotte zu:

»Vielen Dank, Frau Rapp, dass Sie mich entlastet und gleichzeitig wieder belastet haben. Das hätte ich Ihnen nicht zugetraut. Sie waren unser Idol. Mrs. Keating sozusagen. Und Sie haben uns damals Shakespeare nahegebracht. Hat der nicht gesagt: *Love is merely a madness*? Sie sehen, ich habe etwas gelernt.«

Er lachte zynisch.

»Mrs. Keating? Solch ein Unsinn. Wenn, dann wider meinen Willen. Es war niemals meine Absicht gewesen, euch damals diesen verwegenen komischen Club gründen zu lassen, von dem ich bis heute noch nicht weiß, was alles im Namen der Poesie geschehen ist. Chatsworth House war schlimm genug. Cornelia als Ophelia, dieses ganze Affentheater. Und ihr habt sie dazu angestiftet, oder?«

Charlotte fasste sich ans Herz. Es war ein Automatismus seit der OP, seit der Zeit danach.

»Frau Rapp hat nur das getan, was der vielzitierten Wahrheitsfindung nützt. Und Sie wissen selbst, lieber Herr Waltz, dass Frau Rapps Aussage Sie eher entlastet als belastet. Sie hat an der Unfalltheorie um den Tod Ihrer Frau kein bisschen gerüttelt. Das ist ja noch eine Vermutung ohne Beweis.«

Guldner führte Charlotte hinaus.

Zuvor gab er Anweisungen an seine Assistenten, sich um Florian Waltz zu kümmern. Charlotte wankte ein wenig. Guldner stützte sie ab.

»Soll ich Sie heimfahren, Charlotte?«

»Das wäre eine gute Idee. Ich habe sowieso noch eine wichtige Aussage zu machen. Sie könnte Florian Waltz weiter entlasten, was den Mord an Bettina betrifft.«

Ferdinand Guldner zog die Stirn in Falten.

»Tatsächlich? Warum haben Sie nicht jetzt gleich davon gesprochen?«

»Ich weiß nicht. Ich habe instinktiv gezögert. Vielleicht weil Florian Waltz nichts davon wissen sollte. Er schien mir zudem ziemlich fertig zu sein mit der Welt.«

»Stimmt, zumal ich ihn noch auf kleinem Feuer kochen ließ. Die Sache mit der angezweifelten Unfalltheorie. Ich konnte mir nicht verkneifen, endlich damit rauszurücken. Ich wollte seine Reaktion testen. Morgen werde ich ihm sagen, dass diesbezüglich der Fall klar ist. Seine Frau ist tödlich gestürzt. Ohne Fremdeinwirkung.«

»Kann ich mein Auto hier stehenlassen, wenn Sie mich in Ihrem Wagen zu mir nachhause fahren?«

»Keine Angst. Es wird kostenpflichtig abgeschleppt.«

Er lachte kurz und legte seinen Arm schützend um ihre Schulter. Sie ließ es schweigend geschehen.

Kapitel 14 | *Ein neuer Verdacht*

»Ich bin mir wie eine Denunziantin vorgekommen«, sagte Charlotte, als sie Ferdinand Guldner gegenüber am Esstisch saß. Sie trank einen Tee, Guldner zog Kaffee vor.

»Und nun muss ich noch mal einen ehemaligen Schüler denunzieren«, sagte sie seufzend.

Sie berichtete von ihrer Beobachtung am Abend des Pfingstmontags. Als sie geendet hatte, fügte sie hinzu: »Vielleicht ist ja alles nur ein Zufall. Warum sollte Tristan Juhnke nicht am gleichen Abend wie Bettina Jakob und Florian Waltz in Schwetzingen sein? Schwetzingen ist ein beliebter Ort zum Ausgehen. Gerade auch für die Jüngeren. Die vielen Kneipen dort. Na ja, nun waren aber alle drei in der gleichen Klasse und in diesem mysteriösen Club damals. Und dann diese Tasche, wie Fotografen sie haben. Merkwürdig.«

Guldner war während Charlottes Bericht schon ungeduldig auf seinem Sessel hin und her gerutscht. Nun hielt es ihn nicht länger.

»Ich muss der Sache nachgehen und diesen Tristan Juhnke ausfindig machen. Sie wissen nicht zufällig, wo er wohnt und was er beruflich so macht?«

»Keine Ahnung. Vielleicht ist er Modefotograf oder das Fotografieren ist nur sein Hobby, und sein Beruf ist heute … na ja, was kann ein ehemaliger Kursclown so werden?«

»Lehrer, Pfarrer, Polizist?«, spekulierte Guldner.

Sie lachten.

»So, nun muss ich aber. Ich bin immerhin noch nicht in Rente, Frau Pensionärin. Ich melde mich.«

Er war schon zur Tür hinausgegangen.

Kurz darauf klingelte es wieder an der Tür. Es war der Hauptkommissar.

»Hier bin ich noch mal. Wie Peter Falk. Inspektor Columbo. Der kommt auch immer noch mal zurück. War das Verhalten von Tristan Juhnke damals bei der Kursfahrt und ganz speziell in Chatsworth eigentlich nicht seltsam gewesen? Erinnere ich mich da richtig?«

»Ja, der war mir immer ein Rätsel. Aus dem bin ich nie schlau geworden, und in Chatsworth hat er sich mehr als merkwürdig benommen.«

»Danke. Nächstes Mal bringe ich für Puck ein Leckerli mit.«

Puck hörte seinen Namen. Das Wort Leckerli war kein Fremdwort für ihn, doch »nächstes Mal« war nicht in seinem Wortschatz verankert. Er kam erwartungsvoll wedelnd zur Haustür gerannt, doch Ferdinand Guldner war schon davongefahren.

Kapitel 15 | *Ein unverhoffter Besuch*

Erst am späten Nachmittag meldete sich Hauptkommissar Guldner bei Charlotte.

Es war ein kurzes Gespräch. Tristan Juhnke war ausfindig gemacht worden. Er wohnte als freischaffender Fotograf in Neckarsteinach bei Heidelberg und er hatte ohne Umschweife zugegeben, dass er am Pfingstmontag in Schwetzingen gewesen war.

Im *Walzwerk*, dem ehemaligen *Café Journal*, gegenüber vom Schloss hatte er Werbefotos für ein Freizeitmagazin geschossen. Die Aussage Juhnkes musste noch auf zeitliche Richtigkeit überprüft werden. Die Zeugen, der Besitzer des Restaurants und das Personal, hatten sich in Widersprüche verwickelt. Man war zu beschäftigt gewesen mit den vielen Gästen, da war nicht mehr exakt zu sagen, wann genau der Fotograf gegangen und wann er gekommen war. Um halb 11? Um halb 12?

»Der bleibt auf jeden Fall noch hier, vielleicht als eventueller Zeuge. Und seine DNA überprüfen wir auch gleich. Er war übrigens sehr erschüttert über den Tod seiner ehemaligen Kurskameradin.«

Das hat noch nichts zu sagen, dachte Charlotte. Für Tristan, den Vollblutkomödianten, wäre es ein Kinderspiel, Erschütterung zu mimen. Aber das behielt sie für sich, denn sie wollte keine Vorverurteilung aussprechen.

Ihr fiel die Szene ein, wie er bei der Schulaufführung von *Romeo und Julia* den Mercutio gespielt hatte. Tödlich verwundet riss er seine Witze, und die Freunde lachten und meinten, alles sei nur ein Spiel. Doch dann lag Mercutio tatsächlich tot auf der Bühne.

»Irgendwo ein Galgenvogel, dieser Juhnke«, sagte Guldner. »Mal sehen, was die Gerichtsmedizin Neues zu berichten hat.«

Charlotte ging ins Wohnzimmer zurück, als das Telefon erneut klingelte.

Eine junge angenehme Männerstimme meldete sich: »Frau Rapp, hier Alexander Koch. Vielleicht erinnern Sie sich noch an mich …«

»Na, und ob ich mich erinnere. Bei Cornelias Beerdigung haben wir uns ja kurz gesehen, wenn wir auch nicht miteinander reden konnten.«

»Ja, das hat mir leid getan. Aber Sie waren ja mit einem Herrn im Gespräch. Da wollte ich nicht stören. Es war nicht der richtige Augenblick fürs Reden. Und das möchte ich nachholen, wenn es Ihnen recht ist.«

»Gerne. Ich habe zum Beispiel heute Abend Zeit. Ich habe jetzt mehr Zeit als früher. Ich bin Pensionärin.«

»Ja, ich weiß. Darf ich um 20 Uhr bei Ihnen sein?«

Charlotte überlegte während der Zeit des Wartens, was den jungen Mann wohl bewog, seine alte Lehrerin aufzusuchen. Auf jeden Fall freute sie sich. Alexander Koch war ihr immer sehr sympathisch gewesen.

Er möchte über die beiden Todesfälle sprechen, was sonst, dachte sie. Doch warum gerade mit mir?

Als es an der Eingangstür klingelte, merkte Charlotte, dass sie seltsam aufgeregt war.

Alexander Koch sah aus wie früher, nur reifer geworden: die dunkle Kurzhaarfrisur, die intelligenten, leicht melancholisch dreinblickenden Augen und der markante Gesichtsschnitt. Die große Gestalt und die leicht gebückte Haltung. Und das Lächeln, das einfach entwaffnend war. Leicht jungenhaft wirkte Alexander Koch immer noch, fast auch ein wenig schlaksig.

Charlotte bot ihrem Gast einen Wein an, doch er machte eine abwehrende Geste: »Nein, ich trinke keinen Alkohol. Mein Vater war Alkoholiker. Einer von den Akademikern, die als Studenten bei ihrer schlagenden Verbindung auf den Geschmack kommen. Das traumatisiert einen fürs Leben. Ich werde oft dafür belächelt, weil ich nichts trinke, aber es ist mir egal. Es ist mein Leben. Hätten Sie vielleicht einen Tee, am liebsten einen schwarzen?«

Charlotte musste schmunzeln, denn der Wunsch kam ihr sehr entgegen.

»Natürlich. Und sogar einen englischen.«

Um Alexander Kochs Mund spielte ein jungenhaftes Lächeln.

»Ja, wie könnte es auch anders sein?«

Als die dampfenden Teetassen vor ihnen standen, begann Alexander Koch: »Ich wäre gerne schon eher zu Ihnen gekommen, aber ich war auf Geschäftsreise. Vom Tag nach der Beerdigung bis gestern. Von dem Moment an, wo ich Sie beim Begräbnis sah, war es mir ein Bedürfnis, mit Ihnen zu reden.«

Er machte eine Pause, nippte am noch sehr heißen Tee.

»Über damals. Über Chatsworth. Über Cornelia.«

»Entschuldigung, wenn ich neugierig bin, aber was ist aus Ihnen so geworden, Alexander? Was machen Sie beruflich? Lehrer wollen immer wissen, was aus ihren Schülern geworden ist. *Déformation professionnelle.*«

»Ich bin leitender Marketing Manager bei Samsung in Schwalbach bei Frankfurt.«

»Nein!«

Charlotte war total überrascht.

»Sie sind erstaunt, wie der einstige Punk, der zeitweise in Schwarz und mit Kettchen und lila und grünen Haaren und mit hundert Piercings als Bürgerschreck herumlief, nun als Prototyp des globalisierten Kapitals daherkommt? Innerlich bin ich noch eine Art Punk, wie damals, als ich sechzehn war. Die brauchen bei Samsung Leute wie mich, die diese Nadelstreifenwelt ein bisschen aufmischen.«

Leise fügte er hinzu. »Leicht ist es nicht.«

»Ich habe Sie gerne verteidigt damals, Alexander, wenn einige vorurteilsbeladene Kollegen versucht haben, Sie schlechtzureden. Sie waren für mich immer der grundgute Bürgerschreck. Ich habe Sie gerne und aus vollster Überzeugung verteidigt.«

Warum reden wir um den Brei, dachte Charlotte. Warum nicht direkt zu den schrecklichen Todesfällen kommen? Smalltalk statt Tacheles.

Als könne der Besucher Gedanken lesen, sagte er unvermittelt: »Ich habe Cornelia geliebt. Wissen Sie das? Wir waren sogar nach dem Abitur und während der Studienzeit einmal kurz zusammen. In Heidelberg. Cornelia wollte Kunst studieren, hat es dann aufgegeben, hat dies und das begonnen. Dann hat sie plötzlich Schluss gemacht mit mir. Ein Jahr später traf ich sie zufällig in der Heidelberger Hauptstraße. Sie war schwanger. Von Florian Waltz. Und bald danach waren die beiden verheiratet.«

»Sie waren zu Schulzeiten Florians bester Freund, soweit ich mich erinnere.«

»Und wir haben uns entzweit. Schon bald nach der ... Kursfahrt. Florian hat sich so gemein verhalten. Florian und ich, wir waren lange Zeit wie Hamlet und Horatio, die unzertrennlichen Freunde. Loyal bis zuletzt. Doch dann hat sich unsere Beziehung schlagartig verändert. Aus Hamlet und Horatio wurden Hamlet und Laertes. Ophelias Bruder, der die Schwester rächt. Ich war zwar nicht Cornelias Bruder, aber ich begann, ihn zu hassen.«

Charlotte war sprachlos. Wir Lehrer wissen tatsächlich nichts über unsere Schüler, dachte sie.

Alexander Koch wartete Charlottes Antwort nicht ab, sondern fuhr in seiner Rede fort.

»Er hatte mit Bettina Jakob angebändelt. Schon in Chatsworth, schon während der Kursfahrt. Mit diesem hohlen, oberflächlichen Ding. Nichts im Kopf als Mode und das neueste Handy und wie man sich einen Mann angelt fürs Bett.«

Er weiß nicht, was passiert ist, ging es plötzlich durch Charlottes Kopf. Natürlich, er war die ganze Zeit im Ausland. Er kann es nicht wissen. Sonst würde er nicht so über eine Tote reden. Ein Alexander Koch würde so was nicht tun.

Sie wollte ihn unterbrechen, doch er fuhr fort: »Und dann hat Cornelia sich beinahe das Leben genommen. Da unten an Paine's Mill. In diesem gruseligen Dorf Edensor.«

Charlotte verstand nun Cornelias Worte, die ihre eigenen waren, nicht nur die Ophelias: *Da ist Vergissmeinnicht, das ist zum Andenken. Und da ist Rosmarin, das ist für die Treue.*

Sie sagte: »Ja, es reißt Wunden auf, Alexander, es war eine schwere Zeit, auch für mich. Danach. Sie haben Cornelia das Leben gerettet. Sie haben sie doch wiederbelebt.«

»Ich habe sie an jenem Tag zweimal gerettet. Das wissen Sie nicht. Aber Sie sollten es wissen, auch so viele Jahre danach. Ich habe Tristan Juhnke dabei erwischt, wie er Cornelia bedrängt hat. Wer weiß, was passiert wäre, wenn ich nicht zufällig dazugekommen wäre.«

Also habe ich das Geturtel eines Liebespaars falsch interpretiert, dachte Charlotte. Es war eine versuchte Vergewaltigung.

»Tristan war ein Schurke, aber wegen Florian wollte sie sich umbringen«, sagte Florian. Nein, er spuckte den Namen förmlich aus. »Sie war so verliebt in ihn und er flirtete mit dieser … dieser Bettina …«

Nun hielt es Charlotte nicht länger aus, sie musste Alexander Koch aufklären.«

»Bettina Jakob ist tot. Ermordet.«

Alexander Koch war der Star der Schauspiel-AG gewesen, aber sein Entsetzen war echt. Das konnte man nicht spielen.

Charlotte fasste nun zusammen, was im Schwetzinger Schlossgarten an Pfingsten geschehen war und dass sowohl Florian Waltz als auch Tristan Juhnke verhört worden waren, und zwar nicht nur als mögliche Zeugen.

»Florian hat Cornelia nicht verdient. Zuerst heiratet er sie mehr oder weniger aus Mitleid oder aus schlechtem Gewissen heraus. Dann betrügt er sie. Dann tötet er sie, stellt das Ganze als Unglücksfall dar. Es geschieht ihm ganz recht, dass Juhnke ihm sein Spielzeug kaputt gemacht hat. Da hat er direkt einmal was Nützliches getan, dieser ewige Versager. Unser Kursclown.«

»Das sind aber harte Worte, Alexander. Sie urteilen hart und voreilig. Cornelia, ja, die war etwas Besonderes. Melancholisch, eine Künstlerin. Und mit dieser Todessehnsucht. Ich weiß mittlerweile, dass da etwas in ihrer Familie liegt, was Erbliches, wie man so sagt.«

»Depressiv, ja, das war sie. Melancholie ist ja die kreative Variante der Depression. Sind nicht die meisten Künstler, Musiker, Maler, Schriftsteller melancholisch gewesen? Und sogar depressiv? Tiefe Gefühle gehören nun mal zum Schöpferischen.«

»Ja, Alexander, so sehe ich das auch. Aber Ihre Verdächtigungen sind wirklich voreilig, ungerecht und wahrscheinlich falsch. Cornelia ist erwiesenermaßen wirklich Opfer eines unglücklichen Sturzes im Haushalt geworden. Und Tristan war zwar in Schwetzingen, als der Mord im Schlossgarten geschah, aber was beweist das schon? Die Polizei wird den Täter schon finden. Ich vertraue da voll und ganz auf Hauptkommissar Guldner. Er ist sehr kompetent.«

Es musste in Charlottes Stimme etwas wie eine verräterische Bewunderung gelegen haben, denn um Alexander Kochs Mund spielte das für ihn typische entwaffnende Lächeln.

»Ist das zufällig der Herr, mit dem ich Sie bei der Beerdigung gesehen habe?«

Er wartete Charlottes Antwort nicht ab. Sein Lächeln erstarb.

»Der Herr war doch wohl nicht als Privatperson auf dem Begräbnis?«

Charlottes Schweigen war Antwort genug.

»Also ist mein Verdacht doch nicht so absurd, wie Sie ihn hinstellen, Frau Rapp?«

»Es gab einen Zweifel, ja, aber der ist inzwischen geklärt. Cornelia wurde nicht ermordet.«

Sie bot ihrem Gast eine weitere Tasse Tee an, doch er lehnte ab.

»Ich muss nun nachhause fahren. Meine Singlewohnung braucht mich nach der langen Abwesenheit. Und ich muss noch meine Mails checken. Es sind bestimmt einige hundert.«

»Ach du liebe Güte«, rief Charlotte entsetzt.

Charlotte, die sich nur zögerlich und weil es in den letzten Jahren im Beruf unvermeidlich geworden war, einen Computer angeschafft hatte, war dabei, sich nun im Ruhestand so wenig wie möglich in der Computerwelt zu bewegen. Zeitverschwendung. Sie würde lieber ihre vernachlässigte Malerei pflegen. Viel lesen. In Konzerte gehen und auf Ausstellungen. Ihr krankes Herz würde es ihr sicherlich danken.

»Sie wissen, dass ich Sie immer sehr gern mochte … und immer noch mag?«, sagte Charlotte zum Abschied.

»Das beruht ganz auf Gegenseitigkeit, Frau Rapp.«

Er drückte fest ihre Hand.

»Und es bleibt unter uns, was ich Ihnen über den Mordfall Bettina Jakob erzählt habe, Alexander?«

»Ja, natürlich.«

Alexander Koch trat auf die Terrasse hinaus und nahm einen kleinen Zweig des betörend duftenden Jasminstrauchs hoch, knickte ihn ab.

Er roch an der Blüte.

»Das darf ich doch, oder? Ich bin der ewige Romantiker. Trotz Nadelstreifen und Marketing Management.«

Der Arm seines eleganten Jacketts rutschte ein wenig hoch, und Charlotte bemerkte das Tattoo: *Carpe Diem*.

Stimmt, dachte sie leicht belustigt, Tattoos sind heutzutage angesagt, auch bei Leuten, von denen man es nicht vermuten würde.

»Die Piercings habe ich rausgenommen«, sagte er und deutete

auf die kleinen Löcher in Ohr, Nase und Unterlippe, »aber das *Carpe diem* muss bleiben. Zur Erinnerung an den *Club der toten Dichter*. Und als Lebensmotto. Irgendwie versuche ich, den ›Tag zu pflücken‹, auch wenn es nicht immer leicht ist.«

Und mit schlaksigen jungenhaften Schritten ging er auf seinen BMW zu und fuhr in die Nacht hinaus, nicht ohne noch einmal kurz zu winken.

Charlotte ging ins Wohnzimmer zurück und suchte, in Gedanken versunken, eine CD aus. Sie brauchte nach dem interessanten, aber aufregenden Abend noch etwas Ruhe und Entspannung.

Es war die CD, die sie am Pfingstmontag im Foyer des Mozartsaals gekauft hatte. Schnell und unbesehen, weil sie nicht mit Florian Waltz und Bettina Jakob zusammentreffen wollte.

Heimliche Aufforderung lautete der Titel.

Christiane Karg sang darauf Lieder von Richard Strauß. Auf dem Cover war die hübsche dunkelblonde Sopranistin abgebildet, wie sie durch eine halbgeöffnete Tür den Betrachter aus verheißungsvollen Augen anblickt.

Als Charlotte die CD überflog, erschrak sie bis ins Mark. Nein, sie glaubte nicht an Zufälle. Da gab es unter anderem die Straußvertonungen der *Drei Lieder der Ophelia* von Ludwig Seeger nach William Shakespeare.

Charlotte startete die CD, legte sich aufs Sofa zu Luna und Lakritze. In der Hand hielt sie das Textbuch und las mit, während Ophelias Lieder erklangen:

Wie erkenn ich mein Treulieb vor anderen nun?

An dem Muschelhut und Stab und den Sandalschuh'n.

Damals in Chatsworth, das war keine Inszenierung gewesen fürs Schultheater, keine Probe für *Hamlet*.

Und ohne Alexander Koch wäre eine Tragödie passiert. Und eine große Grenzüberschreitung durch Tristan Juhnke. Charlotte fröstelte, als sie im Nachhinein an die missverständliche Szene im

Labyrinth dachte und an das, was sich unten am Flüsschen Derwent abgespielt hatte.

Christiane Karg sang:

Ein junger Mann tut's wenn er kann,
fürwahr, das ist nicht recht.
Sie sprach: eh Ihr gescherzt mit mir,
verspracht Ihr mich zu frein.

Als Charlotte die CD zu Ende gehört hatte, löschte sie das Licht und ging zu Bett.

Kapitel 16 | *Das Indiz*

Ferdinand Guldner hielt Wort. Soweit möglich, hielt er Charlotte auf dem Laufenden. Es waren keinerlei DNA-Spuren von Tristan Juhnke gefunden worden. Die Zeitangaben über Juhnkes Anwesenheit im *Walzwerk* waren zwar noch immer nicht ganz in Einklang zu bringen, doch musste er freigelassen werden. Die Tatsache, dass er in Schwetzingen gewesen war zur mutmaßlichen Zeit des Mordes, nämlich vor Mitternacht, und Charlottes Zeugenaussage genügten nicht, um ihn festzuhalten.

Irene Kolb, die Zeugin, die Bettina Jakobs Leiche gefunden hatte, meldete sich noch einmal unerwartet. Erst jetzt hatte sie festgestellt, dass sich am ledernen Halsband ihres Hundes Moritz ein kleines Stückchen Stoff verfangen hatte. Winzig klein. Beim Herumschnüffeln an der Leiche war es vielleicht dahin gekommen, eingeklemmt zwischen zwei Metallteilchen, die auf das Hundehalsband aufgesetzt waren. Der Stoff war aus orangefarbener Baumwolle und hatte ein auffallendes Muster. Schwer zu sagen, ob es sich um Männer- oder Frauenbekleidung handelte, doch er stammte ganz eindeutig nicht von der Kleidung des Opfers. Bettina Jakob hatte ein teures pinkfarbenes Modellkostüm aus einem edlen weichen Material getragen. Der Stofffetzen konnte aber auch schon vor dem Mord im Gras gelegen haben. Oder er stammte sogar von der Kleidung des Mörders.

Irene Kolb entschuldigte sich vielmals, dass sie nicht gleich genauer nachgeschaut hatte, aber sie habe unter Schock gestanden.

Sie sagte Hauptkommissar Guldner, dass sie sich in psychologische Behandlung begeben hatte, weil sie nach der grauenhaften Entdeckung nicht mehr alleine klarkam mit diesem Trauma. Sie hoffe, das Indiz würde der Polizei weiterhelfen.

Kapitel 17 | *Einige Gedanken*

Wenn man einen Menschen sehr geliebt hat, gibt es kein Ende der Trauer. Die Trauer mag aufgehoben sein, man mag sie verdrängen, aber es gibt kein Vergessen. Der Liebende muss sich der Verantwortung stellen, das, was gewesen ist, ins rechte Lot zu bringen, wenn schon kein Rückgängigmachen möglich ist.

Das Land, aus dem es keine Wiederkehr gibt, der Tod, das unbekannte Land, ist ein grauenhaftes Land. Vielleicht ist es das Nichts.

Ich hatte keine andere Wahl als so zu handeln, wie ich handelte.

Wer auch immer diese Fotos geschickt hat, er oder sie hat mich in der Hand. Die Person hat keine Geldforderung gestellt. Noch nicht. Diese Person ist nicht auf Gewinn aus, kein Erpresser im herkömmlichen Sinn. Und es gibt kein Mittel, die Person loszuwerden. Denn ich kenne sie nicht.

Kapitel 18 | *Die Bitte*

Friederike Bruckner strich sich übers kurze blondierte Haar, zog ihre Silberohrringe mit dem kleinen Brillanten an, schnappte ihre Gucci-Tasche und lief ins hintere Zimmer, ihr Arbeitszimmer: »Ich bin bald wieder hier. Ich muss nur noch einen Klienten besuchen. Du kannst ja schon was zum Abendessen richten. Eine Kleinigkeit. Antipasti. So etwas in der Art.«

Eine Männerstimme brummte etwas zurück, das wie Zustimmung klang.

Sie sah noch einmal in den Spiegel, drehte sich zur Seite, war zufrieden.

Bevor sie die Wohnung verließ, fiel ihr Blick auf die Wandkonsole im Flur, auf der ein Foto stand. Miranda und Cornelia.

Cornelia in Sommerkleidung, mit einem schicken Strohhut auf den langen dunklen Haaren, eng umschlungen mit der kleinen Miri im geblümten Oililykleidchen: orange-gelb-purpur-hellblau. Die Kleine trug ein Sonnenhütchen im gleichen Stoff wie das Kleid.

Ihr beiden, dachte Friederike. Meine Lieblinge.

Sie zog die Tür hinter sich zu.

Charlotte war nicht wenig erstaunt, als sie aus dem Haus gehen wollte, Puck an der Leine, und Friederike Bruckner plötzlich vor ihr stand.

»Kann ich Sie sprechen, Frau Rapp?«, fragte sie. »Nur kurz.«

Mit einem Blick auf den ungeduldigen Puck sagte Charlotte:

»Wenn es Ihnen nichts ausmacht, uns zum Spaziergang zu begleiten? Puck würde es mir sehr übelnehmen, wenn er um sein Hauptvergnügen käme. Zumal er schon die beiden letzten Tage verzichten musste und es nur Blitz-Gassigehen gab. Eine halbe Stunde brauche ich aber für ihn.«

»Das ist in Ordnung. Mir tut es auch gut nach diesem anstrengenden Tag in der Kanzlei. Ein völlig zerstrittenes Ehepaar. Rosenkrieg der übelsten Sorte. Beschimpfungen und Peinlichkeiten ohne Ende. Ein Akademikerpaar, aber sie keift wie ein Waschweib und er flucht wie ein Kutscher. Einfach ekelhaft. Aber ich will Sie nicht mit meinem Juristenkram belästigen.«

Als die beiden Frauen oben am Wald angekommen waren, ließ Charlotte den unbändigen kleinen Kerl von der Leine.

»Das ist aber nicht erlaubt, oder?«, meinte Friederike. »Wenn ich das als eine Person, die dem Recht und Gesetz verschworen ist, mal so sagen darf.«

»Er hat aber keinerlei Jagdtrieb, er weiß nicht, was Beißen ist, und er ist froh, wenn er nicht gebissen wird.«

»Die berühmten drei Gebote des Hundehalters, ja, die kenne ich«, sagte Friederike ein wenig sarkastisch. »Er will nur spielen. Er ist ganz lieb. Und wenn das Opfer am Boden liegt: So was hat er noch nie getan.«

»Dann füge ich mich dem Gebot des Gesetzes«, erwiderte Charlotte. »Komm, Puck.«

Und sie leinte den kleinen Hund an.

»Viel ist passiert seit Ihrem letzten Besuch«, begann Charlotte.

»Ja, mein Schwager trauert nun um seine Geliebte. Ich hatte mich getäuscht. Aber nur in seinem Motiv. Er hat Cornelia nicht aus Eifersucht umgebracht. Haha, wie konnte ich das nur annehmen? Er hat sie schlicht und einfach die Treppe hinabgestoßen, weil er sie loswerden wollte. Für diese … diese …«

Charlotte hätte gerne widersprochen. Warum hielt Friederike immer noch so hartnäckig an der fixen Idee fest, ihre Schwester sei ermordet worden? Doch Friederike ließ sie nicht zu Wort kommen und fuhr fort: »Sie wissen, dass ich meine Schwester geliebt habe. Und Sie wissen auch, dass ich mich um das Sorgerecht für die kleine Miri bemühen werde, wenn mein Schwager …«

Sie brach ab, denn sie bemerkte, dass Charlotte die Brauen hochzog.

Dann fuhr sie fort: »Wie auch immer. In der Zwischenzeit ist sie bei meinen Eltern, die lieben die Kleine abgöttisch. Kein Wunder. Sie ist ja auch das reizendste Kind auf der Welt. Eine zweite Cornelia. So hübsch und sanft und so voller Fantasie. Man merkt das schon jetzt, so klein sie auch ist. Timo mag Miri auch sehr.«

»Timo?«

»Unser Bruder. Er war auch am ESG in Ruhstetten.«

»Ach natürlich. Timo.«

Ein hübscher Junge, der Mädchenschwarm des Gymnasiums, stand vor Charlottes geistigem Auge. Und vor diese Gestalt aus der Vergangenheit schob sich das Bild des schwammigen, vorzeitig gealterten jüngeren Mannes, der hinter dem Sarg der Schwester hergegangen war. Timo, der die Mutter gestützt hatte, als Cornelias Sarg in die Erde versenkt wurde.

»Was macht Timo eigentlich?«

»Es geht ihm nicht besonders gut. Er ist das, was man einen arbeitslosen Akademiker nennt. Er wohnt seit einiger Zeit bei mir. Unsere Eltern haben sich von ihm distanziert. Er ist kein Vorzeigesohn. Er nimmt Psychopharmaka.«

Daher das aufgedunsene Aussehen, dachte Charlotte.

»Was war sein Studiengang?«

»Ob Sie es glauben oder nicht: Anglistik und Kunst. Er hat die gleiche Begabung wie Cornelia. Künstlerisch, sprachbegabt. Ich bin anders. Die Praktische in der Familie. Die Realistin. Timo wollte ins Lehramt, aber er fiel beim Referendariat zweimal durch. Er hat danach völlig resigniert.«

Friederike seufzte.

»Ich liebe meine beiden Geschwister. Und ich möchte was für Timo tun. Sie können mir dabei helfen, Frau Rapp.«

Na endlich rückt sie damit raus, weshalb sie eigentlich gekommen ist, dachte Charlotte.

Sie sagte: »Aber ich kenne Timo doch kaum. Ich hatte ihn nie als Schüler.«

»Sie haben doch angedeutet, dass Sie im Ruhestand wieder malen möchten. Könnten Sie ihn nicht dazu animieren, wenigstens seine künstlerischen Fähigkeiten ein bisschen zu … reaktivieren? Das würde ihm gut tun. Er hängt so untätig zuhause rum und da ist in unserer Familie diese … diese Neigung. Dieses Depressive.«

»Ich soll also so eine Art Kunsttherapie mit Ihrem Bruder durchführen?«

Mit allem hatte Charlotte gerechnet, nur nicht mit diesem Ansinnen einer besorgten und liebenden Schwester. Warum eigentlich nicht, sagte sie sich. Ich bin eine Pensionärin mit Muße, mit viel Zeit. Also kann ich als eine Art weibliche Muse mit Muße fungieren. Ein schönes Wortspiel.

Friederike fühlte Charlottes Zögern, und sie spielte ihren Haupttrumpf aus.

»Wenn Sie es nicht Timo zuliebe tun können, dann bestimmt Cornelia zuliebe. Sie und Timo waren fast wie Zwillinge, seelisch, meine ich, obwohl er um einiges älter war.«

»Sie sind nicht nur, wie ich annehme, eine tüchtige Juristin, sondern auch eine prima Psychologin. Gut, ich versuche es mit Timo.«

Friederike lachte: »Vielen Dank, liebe Frau Rapp.«

Während die beiden Frauen den Weg zum Charlottes Haus antraten, fragte sich Charlotte, ob sie nicht gar zu gutmütig war. Wie leicht sie sich doch einwickeln ließ.

Puck jammerte und winselte und zog Charlotte zur Box mit den Leckerlis.

Apropos gutmütig. Sie reichte dem kleinen Kerl einen Knochen aus Büffelhaut und seufzte laut. Luna und Lakritze sprangen erschrocken maunzend vom Sofa.

Puck aber nahm zufrieden seinen Knochen zwischen die Vorderpfoten und nagte genüsslich daran. Dabei schaute er ab und zu seine Herrin von unten her so schuldbewusst an, dass sie lachen musste.

Kapitel 19 | *Ein Spaziergang und eine Filmsession*

Charlotte war froh, dass die Malstunde für Timo Bruckner erst für den übernächsten Tag beschlossen worden war.

Wie eine Mutter war ihr Friederike Bruckner vorgekommen, die für ihr Kind ein Arrangement trifft. Am Tag nach dem gemeinsamen Spaziergang kam ein sehr kurzer Anruf von Ferdinand Guldner, der seinen Frust über das Stagnieren des Falles nicht verbergen konnte.

»Meine Leute und ich drehen zwar jedes Steinchen um am Badhaus im Schlossgarten, und wir haben noch mal eine Kampagne gestartet, um mögliche Zeugen für die Nacht des Pfingstmontags aufzuspüren. Wir machen uns aber wenig Hoffnung, denn das Wetter war ja alles andere als einladend an jenem 25. Mai. Wer wollte da noch gemütlich im Park promenieren nach dem Konzert?«

Es gab viel zu tun im Kommissariat, und Guldner beendete das Telefonat mit der Versicherung, sich bald wieder zu melden.

Charlotte, die gerne spontanen Eingebungen nachgab, fuhr nach Weinheim, um auf Cornelias Grab einen Blumenstrauß abzulegen. Das Grab war noch hügelig und mit vielen Kränzen bedeckt, die welk und jämmerlich aussahen. Ein schlichtes Holzkreuz war aufgestellt:

Cornelia Waltz geb. Bruckner, 1986-2015.

Charlotte legte ihre langstieligen weißen Rosen ab und schlenderte den Weg nach oben hoch, denn sie mochte diesen älteren Teil des Friedhofs.

Auf dem Rückweg kam sie noch einmal an Cornelias Grab vorbei, doch kurz davor stutzte sie. Ein Mann stand vor der Grabstätte.

Sie hielt sich hinter einer Zypresse, wagte nicht, weiterzugehen. Der Mann war Florian Waltz. Wie eine Statue stand er vor dem Grab. Plötzlich grub er sein Gesicht in beide Hände. Seine Schultern bewegten sich, in stummem Schluchzen.

Trieb ihn die Reue hierher? War dies der Schauspieler Florian Waltz, der seine Trauer heuchelte? Aber wieso sollte er das? Es gab keine Zuschauer. Charlotte fühlte sich nicht wohl in ihrer voyeuristischen Rolle. Der Mann stand lange so da, geschüttelt vom Schmerz. Ob echt oder unecht, Charlotte maßte sich nicht an, dies zu beurteilen.

Nach einer halben Ewigkeit, wie es Charlotte schien, ging Florian Waltz zögernden Schritts zum Ausgang. Charlotte wartete eine ganze Weile, bis sie ebenfalls den Friedhof verließ. Sie scheute eine Begegnung mit dem Mann. Dem Witwer. Dem Fremdgeher. Dem Mörder?

Dies war der Tag der spontanen Impulse.

Charlotte fuhr ins Stadtzentrum, kaufte sich gleich 2 DVDs. *Stolz und Vorurteil* und *Die Herzogin.*

Sie hatte Lust auf Chatsworth House, wollte sich noch einmal bewusst die Szenen ansehen, die dort gedreht worden waren.

»Das wird ein Filmabend daheim«, sagte sie zu ihren drei vierbeinigen Hausgenossen.

Das Leben von Georgiana, der Duchess of Devonshire, war ein Hin und Her zwischen Demütigung durch ihren despotischen Ehegatten und notorischen Schürzenjäger, den 5. Herzog von Devonshire, und ihrer fast unglaublichen Beliebtheit beim Volk gewesen. Die Herzogin, dargestellt von einer hinreißend schönen Keira Knightley, war eine Stilikone ihrer Zeit gewesen, und dieser Historienfilm ging trotz einiger Mängel unter die Haut. Vor allem die Szenen, die in Chatsworth spielten, elektrisierten Charlotte.

Das ist doch die gotische Kirche von Edensor, wo Georgianas kleiner Sohn getauft wird, dachte sie. Und da, die Zimmerflucht oben im Schloss, und da die dreibogige Brücke und da der Park.

In dieser Nacht kam in Charlottes Traum zum ersten Mal seit langer Zeit wieder eine Schlange vor, ihr Horrortier. Ein Albtraum. Es war die Schlange des Familienwappens der Herzöge von Devonshire, die, verschlungen zu einer Art ekliger Brezel, überall in Chatsworth House zu sehen war, geschmückt mit einer Krone. An Gebäudeteilen, auf Möbeln und Geschirr prangte dieses Emblem. Charlotte wollte ins Herrenhaus gehen, doch die gekrönte Schlange über dem Portal machte ihr Angst, und sie wandte ihre Schritte hin zum Labyrinth. *The Maze* stand in großen Lettern am Eingang des Labyrinths. Sie hörte Stimmen, wispernd und zischend.

Ich habe mich verirrt, wer hilft mir, ins Freie zu gelangen? Charlotte lief auf die gestutzten Eibenhecken zu, fand keinen Eingang, tastete sich an den Büschen entlang und stand an einem Flüsschen. Ein Mädchen lag im Wasser, über und über mit weißen Rosen bedeckt. Das sind meine Rosen, die habe ich dir heute gebracht, rief Charlotte zu dem Mädchen hinüber, das ein Kleid trug wie die Ophelia auf dem Gemälde von John Everett Millais. Das Mädchen lächelte Charlotte zu.

Ich bin nicht tot, ich tu nur so, ich hab euch alle zum Narren gehalten.

Das Leben ist schön, sagte das Mädchen in einer Art Singsang.

Hey nonny nonny. Ich kenne das Lied, ging es durch Charlottes Kopf. Das Lied wird irgendwo bei Shakespeare gesungen, in einer seiner Komödien. Ich weiß aber nicht mehr, in welcher. Er hat ja so viele Stücke geschrieben. Es lag ihr auf der Zunge, aber sie kam nicht darauf.

Charlotte streckte ihre Hände aus, um dem Mädchen mit dem bleichen Gesicht aus dem Wasser zu helfen, doch wie ein Trugbild löste sich die schöne Gestalt in Nichts auf, als habe es sie niemals gegeben. Charlotte erwachte und fühlte sich wie von einer Zentnerlast befreit.

Sie ging ins Badezimmer, ließ sich die Wanne volllaufen und gab Badeöl hinzu. Ylang Ylang und Melisse.

Nach dem heißen Bad machte sie sich einen Tee aus Lavendel und Lindenblüten und schlief tief und fest und ungewöhnlich lange, ganz gegen ihre Gewohnheit. Es war schon halb neun, als sie zu sich kam.

Eine warme Junisonne schien durchs Fenster.

Es wird allmählich Sommer, dachte Charlotte voller Freude. Sie öffnete weit das Fenster und genoss den Blick auf die gegenüberliegenden bewaldeten Hügel.

»Das Leben ist schön«, sagte sie laut.

Kapitel 20 | *Zwei Porträts und noch ein Filmabend*

Charlotte ging vorsichtig zur Terrassentür, in der Hand ein Schälchen mit Katzenfutter für Luna und Lakritze. Sie öffnete und erschrak bis ins Mark. Vor ihr stand ein fremder jüngerer Mann, der sie seltsam anstarrte. Der Schock war so gewaltig, dass ihr das Schälchen aus der Hand fiel. Es zerschellte auf den Steinfliesen.

»Oh sorry«, sagte eine tiefe Männerstimme. »Ich habe vorne geklingelt, aber Sie haben mich wohl nicht gehört. Wir waren doch verabredet. Das hat jedenfalls meine Schwester gesagt.«

Erst jetzt erkannte Charlotte den Mann. Es war Timo Bruckner, dem sie eine »therapeutische Malstunde« geben sollte. Er bückte sich und half Charlotte, das Gemisch aus Porzellanscherben und Katzenfutter zu beseitigen. Doch er stellte sich dabei so unglaublich ungeschickt an, dass Charlotte befürchtete, er könne sich verletzen. Er zitterte ein wenig mit den Händen.

»Ach, lassen Sie nur, ich hole in der Küche eben was zum Wegfegen. Kommen Sie doch schon mal rein, Herr Bruckner«, beeilte sich Charlotte zu sagen, um die Peinlichkeit der Situation zu überspielen.

»Sie können gerne Timo zu mir sagen, Frau Rapp. Sie kennen mich doch noch von der Schulzeit. Lange her.«

Er lachte verlegen, wohl auch, weil er sich bewusst war, wie sehr er sich seit damals verändert hatte. Er sieht ja noch viel elender aus als bei Cornelias Beerdigung, dachte Charlotte, während sie das Desaster von den Steinfliesen entfernte.

So krank. So gealtert. So fix und fertig. Alkohol? Drogen? All dies ging ihr durch den Kopf. Puck begrüßte den Besucher freudig. Ein gutes Zeichen. Hunde haben eine gute Menschenkenntnis und Timo Bruckner sagte: »Hunde sind mir die Allerliebsten, Frau Rapp. Ich durfte nie ein Haustier haben. Haustiere waren bei uns immer unerwünscht. Meine Mutter …«

Er ließ den Satz unvollendet.

»Und jetzt? Sie wohnen doch bei Ihrer Schwester? Friederike würde doch vielleicht einen Hund dulden? Ihnen zuliebe?«

»Ja, schon. Kann sein. Aber es hat sich nicht ergeben. Ich würde gerne einen Hund aus dem Tierheim adoptieren, oder so einen armen Teufel von der Todesstation. Kreta, Mallorca, eine endlose Liste.«

»Man möchte sie alle retten, diese armen Teufel«, gab Charlotte ihm Recht.

»Ja, es gibt viele arme Teufel, die auf Rettung warten.«

Der Unterton in Timo Bruckners Stimme war unüberhörbar. Da wartete auch einer darauf, gerettet zu werden.

Er kraulte Pucks Fell. Puck legte sich auf den Rücken und streckte alle Viere von sich. Das sah so lustig aus, dass Charlotte und ihr Gast laut lachen mussten.

»Ich habe selbst schon ewig nicht mehr gemalt, Timo. Ich war lange wie gelähmt. Das Leben. Der Tod eines geliebten Menschen. Aber setzen wir uns doch, bevor wir hoch in mein Atelier gehen. Darf ich Ihnen eine Kleinigkeit anbieten?«

»Einen Kaffee gerne. Schwarz.«

Charlotte ging in die Küche und ließ den Gast allein mit Puck, der hocherfreut war, so viel Aufmerksamkeit und so viele Streicheleinheiten zu bekommen.

»Wer war der geliebte Mensch, den Sie verloren haben, Frau Rapp?« Wie leicht es ihr dieser kaputte, offenbar seelisch verwundete junge Mann machte, von Bernhard zu erzählen, vom Schock der ersten Tage nach dem grässlichen Unfall und der Trauer, die nicht enden wollte.

»Ich habe öfter mal einen Anlauf gemacht, Bernhard zu malen. Danach. So wie ich ihn in bester Erinnerung hatte. Ich habe nämlich immer am allerliebsten Porträts gemalt. Es ist modern, abstrakt zu malen: Aquarelle mit Landschaften und Blumen, zerfließende Motive. Ich habe all das ausprobiert, aber ich komme immer wieder aufs Porträtmalen zurück. Auf die gegenständliche Malerei.«

»Mir geht es ähnlich. Ich habe ja Kunst studiert, habe das Studium abgebrochen, dann zu Anglistik gewechselt, habe das Referendariat in den Sand gesetzt. Da ist etwas in mir, das mich daran hindert, Dinge zu Ende zu führen. Cornelia und ich waren die beiden Träumer in der Familie. Wie anders dagegen Friederike. Unsere starke Schwester, der Fels in der Brandung. Cornelia und ich hingegen sind zwei Schilfrohre im Wind.«

»Wer sagt das?«

»Unsere Mutter. Womit habe ich solche Kinder verdient, hat sie mal gerufen und mich und Cornelia damit gemeint. Und wenn Cornelia ihre Tour hatte …«

»Ihre Tour?«

»Wenn sie ihre depressiven Phasen hatte, meine ich. Dann hieß es nur: »Reiß dich zusammen.« Und ich habe das ja auch zu hören bekommen: ›Ein Junge weint nicht.‹ Nein, ich war nicht der Sohn, den sie sich gewünscht hat. Und meine arme Schwester Cornelia. Immer noch hat sie diesen Alexander Koch geliebt. Und er war ja auch bei ihrer Beerdigung. Und dann war sie mit diesem gleichgültigen, coolen Florian gestraft. Sie hat so gekämpft gegen ihre Depressionen, vor allem der Kleinen zuliebe. Sie hat Miri abgöttisch geliebt. Doch unsere Mutter hat Cornelia immer nur verteufelt.«

»Ja, ich habe Ihre Mutter auch als energische, dynamische Frau kennengelernt.«

Sie dachte an damals. Die Sache mit Chatsworth, sagte aber nichts.

»Dynamisch? Sie ist eine harte Frau. Die eiserne Lady.«

Timo Juhnke lachte bitter auf. »Sie wollte es nie zugeben, dass dieser Familienfluch in ihrer Familie liegt. Menschen wie sie bestehen nur aus Lebenslügen.«

Charlotte wusste, was Timo Bruckner mit Familienfluch meinte.

Allmählich gab man ja auch in Psychologenkreisen zu, dass Depressionen wie alle anderen Krankheiten im Erbgut liegen konnten und nicht anerzogen waren oder vom sozialen Umfeld abhängen mussten.

»Und man kämpft dagegen an, Frau Rapp. Man kommt sich vor wie Don Quichote, der gegen Windmühlen anrennt.«

»Nichts ist leicht im Leben. Vielleicht macht das aber gerade seinen Wert aus.«

Charlotte staunte über sich selbst, dass sie solche Worte von sich gab. Es lag ihr eigentlich nicht, wohlfeile Lebensmaximen von sich zu geben. Wollte sie sich selbst damit Mut machen?

»Malen wir jetzt?«, fragte sie abrupt. »Vielleicht hilft es ja. Wir haben es beide nötig. Jeder auf seine Art.«

Puck eilte die Treppe hoch, Charlotte und ihrem Gast voran.

Die Begeisterung eines Hundes kann ansteckende Wirkung haben.

»Ich habe zwei Staffeleien und reichlich Material. Ungenutzt. Es wird Zeit, dass nun mal ein Anfang gemacht wird.«

»Was werden Sie malen?«, fragte Timo.

»Ich weiß noch nicht. Ich lasse mich überraschen. Und Sie, Timo?«

»Ich weiß auch noch nicht. Mal sehen.«

»Freie Assoziation«, antwortete Charlotte. »So habe ich das immer genannt. Ich hatte ab und zu sehr schwierige Schüler im Kunstunterricht. Die habe ich nie gezwungen, was Bestimmtes zu malen. Da kamen ganz erstaunliche Dinge raus. Und in einigen Fällen sprang der Funke über. Hinterher waren die jungen Leute zufriedener. Manchmal sogar ein bisschen glücklich.«

Die Stunden vergingen, ohne dass ein einziges Wort gesprochen wurde. Jeder der beiden Künstler war in seine Arbeit vertieft. Charlotte hatte Puck ein gemütliches Lager zwischen den beiden Staffeleien aus Kissen und alten Decken gerichtet und ihm seinen Lieblingsknochen hingelegt. Eine Atmosphäre von Frieden und Harmonie breitete sich im Raum aus. Nachdem Puck den Kauknochen restlos verputzt hatte, schlief er ein. Ab und zu japste und zuckte er im Schlaf. Er träumte wohl einen aufregenden Hundetraum.

»Darf ich Ihr Bild mal sehen?«, fragte nach etwa zwei Stunden Charlotte einmal.

»Lieber nicht«, entgegnete Timo.

»Ja, meins gucken Sie sich auch lieber noch nicht an«, meinte Charlotte.

Sie hatte guten Grund, ihr Motiv geheim zu halten. Es hätte Timo Bruckner wehgetan, das Porträt seiner Schwester zu sehen, die, dem präraffaelitischen Gemälde der Ophelia von Millais nachempfunden, tot im Wasser trieb, über und über mit bunten Blumen bestreut.

Charlotte hatte anfangs versucht, Bernhard zu malen. Aus dem Gedächtnis, so wie sie ihn aus glücklichen Tagen in Erinnerung hatte. Doch das grauenvolle Bild, das sie einfach nicht mehr loswurde, schob sich immer wieder dazwischen. Das Bild aus der Pathologie, das sich ihr geboten hatte, als sie ihn identifizieren musste.

Dann versuchte sie, den jungen Timo Bruckner zu malen, so wie er als Teenager ausgesehen hatte: ein dunkelhäutiger Adonis, der Schwarm aller Mädchen. Es ging einmal das Gerücht um, dass ihm Mädchen egal waren, dass er Jungs bevorzugte. Doch Charlotte hatte davon nie wieder etwas gehört. Es war ihr auch völlig egal.

Das aufgedunsene, kranke Gesicht des 40jährigen Timo Bruckner schob sich vor das hübsche Gesicht des einstigen Mädchenschwarms, des Prototyps eines Latin Lover.

Und dann begann Charlotte ein blasses Mädchen mit langen glatten Haaren zu malen, die dunkel waren und nicht rotblond gekräuselt wie die der von Millais gemalten toten Schönheit. Es war

Cornelia, die da im Flüsschen Derwent trieb, im goldgewirkten langen Kleid.

Charlotte musste tief durchatmen, als sie ihr Gemälde betrachtete, und ein seltsames Gefühl von Befreiung durchströmte sie.

Kann man Dämonen bannen durch Kreativität?

Es musste so sein.

»Ich für meinen Teil habe fertig«, sagte sie und lachte. »Soll ich uns was zum Essen richten?«

»Nein, Friederike macht mir heute Abend mein Lieblingsessen«, antwortete Timo.

Er klang wie ein Kind, das von der Mama die Lieblingsspeise vorgesetzt bekommt. Was ist es, dachte Charlotte: Pommes mit Ketchup oder Fischstäbchen und danach Schokopudding?

»Sie sorgt für mich wie eine Mutter«, sagte Timo, der wohl Gedanken lesen konnte. Er lachte etwas verlegen dabei. »Ich habe auch fertig, und es wäre mir lieb, wenn ich mein Bild zuhängen dürfte«, fügte er hinzu. »Vielleicht zeige ich es Ihnen bei unserer nächsten Sitzung.«

»Dann haben wir jeweils ein Geheimnis voreinander, einverstanden. Mein Bild ist auch nicht präsentabel.«

»*When shall we two meet again*«, sagte Timo in Abwandlung des Shakespeareschen Spruches aus *Macbeth*.

»Egal. Melden Sie sich, wenn Sie in Mallaune sind. Ist das ein Vorschlag?«

»Ja, prima. Danke für diesen wirklich schönen Nachmittag, liebe Frau Rapp. Es hat gutgetan, das Malen.«

»Nicht nur Ihnen. Grüßen Sie Ihre Schwester von mir.«

Charlotte war verwundert, dass Timo kein Auto in ihrer Ausfahrt geparkt hatte. Sie sah, wie er sein Mobiltelefon herausnahm und beim Verlassen Ihres Grundstücks eine Nummer wählte.

Rief er seine Schwester an? Ein Taxi? Sie wollte ihn noch einmal zurückrufen, um ihm anzubieten, ihn nachhause zu fahren, aber sie besann sich anders und ging ins Haus zurück.

Gegen 22 Uhr abends zog es Charlotte in die obere Etage. Sie musste noch einmal ihr Bild ansehen. Ihr fotografisches Gedächtnis hatte ihr tatsächlich ermöglicht, Cornelia ganz »lebensecht« abzubilden. Eine etwa 18jährige Cornelia aus vergangenen Tagen.

Charlotte schaute zur anderen Staffelei hinüber, die von der spanischen Wand verdeckt war.

Sie wusste, dass es unrecht war, der Neugierde nachzugeben und Timo Bruckners Gemälde anzusehen. Aber etwas in ihr war stärker als die Stimme der Vernunft. Und stärker als ihr Gefühl für Diskretion. Mit entschlossenen Schritten näherte sie sich dem Paravent und schob ihn beiseite.

Ihr stockte der Atem. Ihre Nackenhaare schienen sich zu sträuben, und eine Gänsehaut überlief ihren Rücken, ihre Arme.

Von der Leinwand starrte ihr eine Teufelsfratze entgegen. Sie wollte hinausrennen, wäre fast über Puck gestolpert, der seiner Herrin ins Atelier gefolgt war.

Sie gab sich einen Ruck, zwang sich, das Gemälde näher zu fixieren.

Und da erst merkte sie, dass sich hinter der vermeintlichen Teufelsfratze die Gesichtszüge von Timo Bruckner verbargen.

Ein Selbstbildnis. Das Sezieren einer Seele.

Der verzerrte Mund, die aufgedunsenen Wangen, das schlaffe Kinn, die ungesunde, fast grünliche Haut, löchrig und narbig, wie die Höllenungeheuer auf den Gemälden von Hieronymus Bosch oder Matthias Grünewald. Die blutunterlaufenen Augen, die tief in den Höhlen lagen, die Tränensäcke. Dies war auch das *Bildnis des Dorian Gray* wie aus Oscar Wildes Roman.

Nur hatte der einst schöne junge Mann, Timo Bruckner, nicht seine äußere Schönheit behalten dafür, dass seine innere Zerrissenheit auf das Bildnis gebannt wurde.

Ob Timo Bruckner nun befreit war, so wie sie, Charlotte, befreit war nach dieser Malsitzung? So sah er sich also selbst: als zerrissenen, zerstörten Menschen. Der Arme.

Sie würden wieder zusammen malen. Und sie würden sich gegenseitig die Ergebnisse ihrer Malaktion zeigen.

Charlotte ging mit leicht zittrigen Knien die Treppe hinunter. Das Telefon klingelte. Ihr erster Impuls war, nicht abzuheben. Doch vielleicht war es Ferdinand Guldner. Er hatte sich länger nicht gemeldet. Sie brauchte ein wenig Stärkung und wie einen Rettungsanker ergriff sie den Hörer.

»Misch dich nicht wieder ein in alles. Halt dich raus.«

Es war eine merkwürdige Stimme, weder eindeutig als männlich oder weiblich erkennbar. Weder als jung noch als alt. Eine teuflische Stimme, dachte Charlotte. Wie eben beim Anblick des unheimlichen Gemäldes, bekam sie beim Klang dieser seltsam meckernden Stimme eine Gänsehaut. Ich muss Guldner bitten, hierherzukommen, dachte Charlotte. Ich muss ihn anrufen.

Doch niemand meldete sich am anderen Ende.

Du musst nun einfach tapfer sein, sagte sich Charlotte. Sie kontrollierte noch einmal alle Türen und Fenster. Ausnahmsweise durfte Puck in dieser Nacht vor ihrem Bett in seinem Körbchen schlafen.

Er war es zufrieden. Die ruhigen Atemzüge des Hundes halfen Charlotte schließlich, das gruselige Gemälde und den nicht minder diabolischen Anruf auszublenden. Charlotte fand gegen Morgen doch noch in den Schlaf und erwachte wie gerädert gegen 9.30 Uhr.

Dieser Fronleichnamstag war brütend heiß, und Charlotte war unfähig, irgendetwas Vernünftiges zu tun. Einfach nur einmal so vor sich hinleben, dachte sie. Es muss auch solche Tage geben, vor allem nach einer solch durchwachten Nacht.

Am Nachmittag erhob sie sich aus ihrem Liegestuhl, ging zum Telefon und rief Ferdinand Guldner an.

»Was machen Sie an diesem heißen Feiertag?«

»Nichts, ausnahmsweise mal absolut nichts.«

»Dann sind wir schon zu zweit. Aber hätten Sie Lust, zu mir rauszukommen? Ein bisschen quasseln?«

»Gerne.«

Guldner erfuhr von dem Drohanruf, doch die Sache mit dem unheimlichen Gemälde enthielt Charlotte ihrem Besucher vor.

So viel Diskretion war sie Timo Bruckner schuldig, zumal sie ein schlechtes Gewissen hatte wegen ihrer Neugierde.

Guldner spekulierte: »Könnte der Drohanruf von Tristan Juhnke gekommen sein?«

»Daran habe ich auch schon gedacht. Es würde zu seinem Stil passen. Aber die Stimme war nicht eindeutig eine Männerstimme.«

Dann machte Charlotte einen Vorschlag: »Wir sollten uns ablenken. Wie wäre es mit einem Film? Sie sind doch auch sozusagen ein Anglist. Wie wäre es mit der Literaturverfilmung des Jane Austen-Romans *Stolz und Vorurteil*?«

»Oh, soweit bin ich damals ja gekommen. *Pride and Prejudice.* Ich fand diese Elizabeth Bennet damals sehr interessant. Und ihren Darcy auch. Und natürlich den Vater Bennet, den geplagten Ehemann einer Gluckenmutter, die nichts anderes im Kopf hat, als für ihre fünf Töchter möglichst reiche Bewerber zu finden. Ist das die Verfilmung mit Keira Knightley als Elizabeth und Donald Sutherland als der weise lächelnde Papa Bennet und Judi Dench als diese unsäglich versnobte Lady Catherine de Burgh? Die besagte Verfilmung, teilweise mit Chatsworth als Drehort?«

»Genau die. Aber vorher essen wir noch eine Kleinigkeit, ich habe noch einige schöne Sachen im Kühlschrank.«

»Ist da auch ein schönes kaltes Bier dabei?«

»Freilich. Ich trinke eins mit.«

Später, als Ferdinand Guldner neben ihr saß, sagte Charlotte: »So, nun kommt gleich Chatsworth House in Szene. Sie werden staunen und das Schloss lieben. Chatsworth, im Film der Herrensitz Pemberly, wo Mr. Darcy wohnt.«

Charlotte erinnerte sich an damals, als Cornelia ähnlich wie die Heldin des Films, die zum ersten Mal das Schloss betritt, vom Prunk in der Eingangshalle überwältigt, ausgerufen hatte: »Das ist ja wundervoll. So mystisch.«

»Chatsworth House würde ich auch mal gerne besuchen«, sagte Ferdinand Guldner

Charlotte sah ihn von der Seite her an: »Darf ich mitkommen?«

Guldner ergriff Charlottes Hand: »Ich hätte nichts dagegen.«

Er zog die Hand zurück und sagte: »Sorry. Der Film macht mich ziemlich sentimental. Ich mag das eigentlich nicht.«

Charlotte lachte: »Der Film ist natürlich auch ein bisschen sentimental. Das ist halt mal so bei Literaturverfilmungen. An den Roman kommt der Film nicht ran. Und trotzdem: Man braucht auch ein bisschen Sentimentalität im Leben.«

»Das mit Chatsworth habe ich ernst gemeint«, sagte Guldner. »Aber zuerst muss ich meinen Mörder fangen.«

Im Film kam gerade die Szene, in der Darcy seinen ersten Heiratsantrag macht und eine klare Abfuhr erhält.

»Die Szene ist übrigens in Stourhead Garden gefilmt worden«, erklärte Charlotte. »Das ist einer der schönsten Gärten in England. In Somerset. Nicht weit von Stonehenge. Und das ist der Apollotempel und im Hintergrund unterhalb des Tempels der See.«

Es regnete in Strömen, und Elizabeth und Mr. Darcy standen da mit triefenden Haaren. Darcy traurig, Elizabeth empört.

»Eine etwas krasse Symbolik ist das, oder?«, sagte Charlotte. »Die lässt ihn im wahrsten Sinn des Wortes im Regen stehen.«

»Und er sieht aus wie ein begossener Pudel«, meinte Guldner.

»Wenn wir zwei nach Stourhead Garden fahren, suchen wir uns besseres Wetter aus«, sagte Charlotte und fügte hinzu: »Und Sie geben sich gefälligst Mühe, den Fall zu lösen, mein lieber Herr Hauptkommissar.«

Morgen werde ich eine Durchsuchung von Tristan Juhnkes Wohnung erwirken, dachte Ferdinand Guldner. Mal sehen, ob ich den Staatsanwalt von der Dringlichkeit überzeugen kann.

Und er nahm einen kräftigen Schluck von seinem eiskalten Bier.

Kapitel 21 | *Roger Hodgson*

Charlotte fröstelte und holte sich ihre warme Kaschmirweste aus dem Schlafzimmer. Dies war der Frühsommer der Temperaturschwankungen. Es nervte.

Sie blätterte die Zeitung auf und war noch mehr genervt. Dies war auch der Sommer der Traumhochzeiten und Taufen in aristokratischen Kreisen, der Sommer der Tiertragödien und Amokläufer. Es war der Sommer des Gezerres um Griechenland und Grexit und der Sommer des IS-Terrors. In South Carolina hatte ein weißer Rassenfanatiker ein Blutbad unter farbigen Gläubigen angerichtet. Wann legte man der US-Waffenlobby endlich das Handwerk? In Tiflis waren exotische Zootiere während einer Überschwemmungskatastrophe ausgebüchst und wurden »präventiv« erschossen.

Viele Feste in der Region. Viele dicke Menschen, zum Teil mit stumpfen Gesichtern, auf langen Bänken, vor sich Teller mit viel Gegrilltem. Die Spaßgesellschaft ließ grüßen. Nichts über den Mordfall in Schwetzingen. Schweigen seitens der Polizeipressestelle. Gut so.

Das Telefon schrillte.

»Hier Guldner.«

»Warum so förmlich?«

»Ach, tut mir leid, Charlotte, ich bin nicht gut gelaunt. Der Staatsanwalt blockiert die Durchsuchung von Juhnkes Wohnung.«

»Warum auch eine Durchsuchung?«

»Na ja, der nächtliche Anruf. Ich wollte Sie schützen.«

»Das war aber doch nicht ganz eindeutig eine Männerstimme, und wenn schon.«

»Ganz schön cool, wie die Jungen sagen.«

»Ja, ich kann ganz schön cool sein. Das war vielleicht nur ein dummer Scherz von irgendwem. Alleinwohnende Frauen kennen das. Je mehr ich darüber nachdenke, desto weniger ernst nehme ich den Anruf.«

»Es war aber eine Drohung, die mit dem Mordfall zu tun hatte.«

»Ich mische mich aber doch in nichts ein. Die Dinge kommen auf mich zu. Ich reagiere bloß.«

»Ich wollte, ich würde das auch so entspannt sehen.«

»Deshalb der Anruf?«

»Nein. Es geht noch um eine andere Sache. Ich habe von einem Freund kurzfristig zwei Karten bekommen. Leider nichts Klassisches diesmal. Eher ein Oldies-Rocker.«

»Mag ich auch. In den meisten Fällen. Ich bin ja auch ein Oldie. Wer ist es?«

»Roger Hodgson, Mitbegründer von Supertramp. Im Schlosspark in Weinheim. Schon heute Abend. Es soll regnen.«

»Egal. Die Songs von Supertramp habe ich oft mit meinen Schülern besprochen.« Sie summte leise: *When I was young, it seemed that life was so wonderful, a miracle ...*: Der *Logical Song*, 70er und 80er Jahre, all das. Ach ja, da werde ich gleich nostalgisch.«

»Um sieben Uhr am Haupteingang? Übrigens, Regenschirme nicht erlaubt. Regenkleidung wäre aber nicht schlecht.«

»Bis heute Abend dann.«

Im Hintergrund sang die bulgarische Sopranistin Krassimira Stoyanova das *Lied von der Nachtigall* von Theodor Storm in der Vertonung durch Alban Berg.

Das macht, es hat die Nachtigall die ganze Nacht gesungen;
Da sind von ihrem süßen Schall die Rosen aufgesprungen.

Was Klassisches wäre mir lieber heute Abend, dachte Charlotte. Aber nett, dass er mich eingeladen hat. Es lebe die Nostalgie.

Es wurde übrigens trotz einiger Regenschauer ein wundervolles Open-Air-Konzert. Mehr als 3000 Fans der Rocklegende Roger Hodgson waren in den Weinheimer Schlosspark gekommen, vorsorglich mit wetterfester Kleidung bestückt. Auch Charlotte und Ferdinand Guldner hatten wasserdichte Anoraks mit Kapuzen an, und ein Konzertbesucher neben den beiden sorgte für Erheiterung, als er sein mitgebrachtes Fensterleder an die Leute vor, neben und hinter ihm auslieh, damit sie ebenso wie er ihre nassen Sitze abwischen konnten.

Zum Wetter passend, sang Roger Hodgson den Hit *It's raining again* und prompt ließ der Regen nach. Der liebenswerte 66jährige Engländer mit den graublonden langen Locken, der in Kalifornien lebte, gab zwischen den Musikstücken nette Histörchen zum Besten. Er verriet, dass sein Koffer im Flughafen von New York zurückgeblieben war und dass er sich daraufhin in Weinheim neu eingekleidet hatte.

»So lange Haare hatte ich auch mal«, flüsterte Ferdinand Guldner in Charlottes Ohr. »Eine schwarze Mähne. Zu meiner Heidelberger Studentenzeit. Als Polizist ging das dann nicht mehr.«

»So ist die Frisur auch noch schön«, meinte Charlotte mit einem Blick auf Guldners immer noch dichtes, kurzes graues Haar.

Er lachte.

Bei den Songs *Dreamer*, *School* und vor allem beim *Logical Song* begann Charlotte plötzlich, ein wenig vor sich hinzuschniefen.

Ihr Begleiter sah sie von der Seite etwas ratlos an.

»Sorry«, sagte Charlotte. »Es ist gleich vorbei. Die Nostalgie überkommt mich. Ich war halt gerne Lehrerin und habe diese Songs so oft mit meinen Schülern besprochen. Sie fehlen mir, wenn auch nicht alle. Die Schüler, meine ich.«

Guldner ergriff Charlottes linke Hand.

»Ganz kalt«, sagte er.

»Das tut gut, das Händewärmen«, lächelte sie.

»Mir tut es auch gut.«

Für den Rest des Konzerts ließ Guldner die Hand seiner Begleiterin nicht mehr los.

»*Two old romantic twits,* das sind wir, oder?«, fragte Charlotte einmal.

»Was heißt *twit*? Das Wort ist mir nie begegnet damals im Anglistikseminar in Heidelberg.«

»*Twit* heißt so viel wie Depp oder Idiot.«

»Ah, Botschaft angekommen«, grinste Guldner, und er sah auf einmal jung und entspannt aus.

»Man müsste öfter zusammen lachen, stimmt's?«, meinte Charlotte.

Auf der Bühne sang Roger Hodgson *Death and a Zoo*. Ein neuerer Song, den Charlotte nicht kannte. Er ging unter die Haut. Wundervoll.

»Danke für den schönen Abend«, sagte sie, als Ferdinand Guldner sie nach dem Konzert zuhause absetzte. »Inklusive Händewärmen.«

»Es kann wiederholt werden, das Händewärmen.«

»Ich erfahre Neues vom Fall?«

»Ja. Versprochen.«

Puck freute sich wie wahnsinnig, dass seine Herrin wieder daheim war.

»Es wäre nichts für deine sensiblen Hundeohren gewesen, lieber Puck. Aber mir hat's gefallen.«

Und sie nahm sich die Ohrstöpsel aus beiden Ohren. Gut, dass ihre Haare das versteckt hatten. Ohrstöpsel beim Rockkonzert, das war der Beweis, dass man allmählich alt wurde. Oder alt war.

Puck lag im Körbchen neben Charlottes Bett. Das war zur Gewohnheit geworden seit der »Horrornacht« mit Dorian Gray-Gemälde und Drohanruf.

Puck schnarchte, und auch Charlotte schlief bald ein, die Worte und die Musik von *Dreamer* im Ohr.

Kapitel 22 | *Tod am Teich*

Juan Diaz und Mehmet Erbay waren gerade dabei, den Müll aufzupicken, den die Festivalbesucher hinterlassen hatten. Nicht so schlimm heute wie sonst, dachten beide, doch keiner der beiden Männer sagte ein Wort. Es war ihr Job, ein schlecht bezahlter zwar, aber von irgendetwas musste man leben. Sie waren an allerhand gewöhnt von anderen Veranstaltungen.

Es war gegen sieben Uhr morgens.

Die beiden arbeiteten zusammen und begaben sich zum hinteren Teil des Schlossparks, wo es erfahrungsgemäß ruhiger zuging und sie länger brauchten, bis die Müllsäcke voll waren.

Nicht zu fassen, dachte Juan Diaz, und er stieß seinen türkischen Kollegen mit dem Ellbogen an, damit dieser es auch sehen konnte.

Da machte einer Schwimmübungen, da vorne im Teich am *Blauen Hut*, dem trutzigen Wehrturm. In voller Montur schwamm der Kerl im Wasser. Ein Besoffener vom Konzert am Vorabend? Diaz rief zu dem Mann im Teich hinüber, doch der reagierte nicht. Sein auffallend orange gemustertes Hemd blähte sich auf wie ein Segel. Ein komisches Bild.

Mehmet Erbay und Juan Diaz traten näher, gingen über den Rasen. Der Mann trieb auf sie zu, verfing sich in einem Ast, der aus dem Wasser ragte.

Die Männer bückten sich. Sie erschraken. Ein jüngerer Mann mit aufgedunsenem weißem Gesicht glotzte ihnen mit offenen Augen entgegen. Zu zweit bemühten sich die Männer, den halb im rötlich gefärbten Wasser Liegenden an Land zu ziehen, damit er nicht davongetragen wurde von den Wellen.

»Polizei rufen, oder?«, schlug Mehmet Erbay vor.

Juan Diaz war schon dabei, auf seinem Handy die Notrufzentrale anzuwählen.

Einige Schaulustige hatten sich schon eingefunden, trotz der frühen Morgenstunde.

»Sieht nach einer Rauferei aus«, sagte einer der Polizisten, die mittlerweile eingetroffen waren. »Gestern nach dem Rockkonzert.«

»Des war awwer doch kää Rowdie-Konzert?«, widersprach sein Kollege, ein waschechter Kurpfälzer.

»Auch wieder wahr.«

Es dauerte nicht lange, und ein älterer schlanker Herr mit grauem dichtem Haar erschien auf der Szene und besah sich den Toten.

Das seltsame Muster des Hemds, das der tote Mann trug, kam ihm bekannt vor. Hinter Hauptkommissar Guldner standen zwei jüngere Assistenten.

Diese glaubten, ihren Ohren nicht zu trauen, als sie den sonst so besonnenen und höflichen Chef fluchen hörten.

»Na, das wird er bereuen, der Herr Staatsanwalt.«

Er drehte sich zu den beiden jungen Kollegen um und bemerkte mit gewohnter Ruhe, aber dennoch im unüberhörbaren Befehlston: »Das haben Sie eben gar nicht gehört, was ich da gesagt habe.«

Die beiden Assistenten nickten wortlos, und die Routinearbeit im Mordfall Tristan Juhnke konnte beginnen.

Kapitel 23 | *Indiz*

»Das Seltsame ist, dass es keine Zeugen gibt für die Tat«, sagte Ferdinand Guldner am Nachmittag zu Charlotte, als er sie kurz anrief, denn er wollte sein Versprechen halten, Neues zu melden.

»So viele Leute waren beim Rockkonzert, und dann kommt ein junger Mann im nahen Teich zu Tode, wohl so zwischen Mitternacht und zwei Uhr nachts, wie der Gerichtsmediziner unter Vorbehalt feststellte. Und kein Mensch hat etwas bemerkt.«

»Wie ist er genau umgekommen?«

»Er hatte eine Stichwunde in der linken Herzgegend. Volltreffer. Und dann wurde er in den Teich geworfen. Genaues weiß man noch nicht. Und wenn: Ich dürfte nichts sagen.«

»Der Teich am *Blauen Hut* ist ja ein bisschen vom Gelände entfernt, wo das Konzert stattgefunden hat. Außerdem war das Konzert relativ früh zu Ende, wegen der Anwohner. Die Leute gingen heim, schon weil das Wetter nicht einladend war«, sagte Charlotte. »Das ist wie in Schwetzingen, oder?«

»Tatsächlich, die Parallele ist mir noch gar nicht aufgefallen. Sie wären eine gute Polizistin geworden, Charlotte.«

»Das glaube ich aber weniger. Ich habe schon das Kontrollieren der Schüler, das unbedingt sein musste, Hausaufgaben und all das, nur ungern gemacht. Ich bin keine Frau Kontroletti.«

»Trotzdem. Ich würde Sie gerne als Assistentin einschmuggeln, aber dann wäre ich bald Amt und Würden los. Außenstehende, die mitmischen möchten, sieht man überhaupt nicht gerne im Präsidium.«

»Verständlich.«

Sie strich sich eine widerspenstige Locke aus der Stirn, wurde sehr ernst.

»Tristan Juhnke. Man meint, der Name sei Programm. Tristan, der Traurige. Der traurige Klassenclown. Der Pechvogel. Im Grunde tat er mir immer leid. Und nun ist er auch noch Opfer eines schaurigen Verbrechens geworden.«

»Auch Opfer können Täter sein. Und nicht so selten.«

»Sie meinen …?«

»Ja, ich meine. Aber meinen heißt nicht wissen. Ich kann die Durchsuchung der Wohnung kaum abwarten. Unser Staatsanwalt ist ein spröder Mensch. Schwierig. Ein Autokrat. Für ihn ist das alles ein Machtspiel. Er zeigt uns gerne, wer die Strippen zieht. Und es ist nicht das erste Mal, dass er damit unsere Ermittlungsarbeit behindert.«

»Gibt es Anlass zur Annahme, dass Tristan Juhnke doch im Schlossgarten war an Pfingsten und dass er Bettina Jakobs Mörder sein könnte?«

»Da war dieses seltsam gemusterte Hemd, das er trug, als er ermordet wurde.«

»Was ist damit?«

»Irene Kolb, unsere Zeugin in Schwetzingen, besser gesagt ihr Hund, hat ein solch orangegemustertes Stück Stoff gefunden. Es hatte sich an einem Metallstück der Leine verfangen. Wir müssen noch feststellen, ob es der gleiche Stoff ist, ob der Fetzen von Juhnkes Hemd stammt.«

Es klang ein wenig erschrocken, als er schnell weiterfuhr: »Oh, das ist voreilig. Das sollten Sie noch nicht wissen.«

»Ich bin zwar eine Frau, aber ich kann schweigen, wenn es sein muss«, sagte Charlotte selbstironisch.

»Ich melde mich«, sagte Guldner und legte auf.

Kapitel 24 | *Das Paar*

Lange war ich nicht auf dem Weinheimer Marktplatz, dachte Charlotte am Sonntagmorgen. Das Café am Markt oben wäre doch keine schlechte Idee, um mir die Zeit zu vertreiben, bis ich in Kenntnis gesetzt werde.

Sie setzte Puck ins Auto und fuhr los. Als sie die Karrillonstraße hochfuhr, fiel ihr ein, dass Cornelias Eltern hier wohnten. Eine gepflegte Wohngegend war das mit vielen kleinen Villen aus den zwanziger und dreißiger Jahren mit Loggien und Wintergärten, zumeist geschmackvoll restauriert. Im Vorgarten des Hauses Nummer 88 stand Annerose Bruckner und schnitt Blumen ab. Sie schaute weniger verkniffen aus als sonst, wie Charlotte fand.

Leider waren alle Plätze vor dem Café besetzt. Die Leute sehnten sich nach den vergangenen kühlen und regnerischen Tagen nach Sonne. Charlotte nahm wohl oder übel mit Puck drinnen Platz.

Sie bestellte sich ihren obligaten großen Kaffee, der in einer roten Riesentasse serviert wurde, dazu ein englisches Frühstück, allerdings ausdrücklich »bitte ohne diese Fettwürstchen«. Die nette Bedienung lachte.

Die Glocken der Laurentiuskirche begannen zu läuten. Sonntagmorgen.

Charlotte schaute aus dem Fenster. Das Kriegerdenkmal direkt unterhalb der Kirche mit dem bis an die Zähne bewaffneten vorwärtsstürmenden Soldaten kam ihr heute noch hässlicher vor als sonst. Martialischer ging es wirklich nicht.

Kirchgänger erklommen die breite hohe Treppe neben dem Kriegerdenkmal.

Da erblickte Charlotte plötzlich ein junges Paar, einen dunkelhaarigen Mann und eine blonde Frau, die von der Obertorstraße zum Marktplatz hinunterschlenderten, am Bistro Montmartre vorbei, ein kleines Mädchen in ihrer Mitte. Die Frau trug kurzes Haar und auffallend große Ohrringe. Sie war elegant gekleidet und hatte einen selbstbewussten Gang.

Das Kind in der Mitte fasste die beiden Erwachsenen an den Händen und hüpfte vergnügt von einem Bein aufs andere. Dabei schaute es abwechselnd einmal zu der Frau, dann zu dem Mann hoch.

Die Frau war Friederike Bruckner, ihr Begleiter Alexander Koch. Die kleine Miri, Cornelias Töchterchen, schaute glücklich aus.

Hoffentlich kommen sie nicht ins Café, dachte Charlotte. Aber die drei waren schon auf dem Weg hinunter in Richtung altes Rathaus und zum Brunnen geschlendert. Ob sie die Eisdiele besuchen würden? Wieder einmal kam Charlotte zu der Einsicht, dass man nie auslernte, was Menschenkenntnis betraf. Wie konnten die beiden ein Paar sein? Friederike, die kühle, pragmatische Rechtsanwältin, als Nachfolgerin ihrer sensiblen, romantischen Schwester Cornelia? Warum hatten weder Friederike Bruckner noch Alexander Koch erwähnt, dass sie ein Paar waren? Ach, es hat sich halt nicht ergeben, dachte Charlotte. So einfach war das.

Dennoch musste sie die Überraschung erst verdauen. Nachdem sie ihr englisches Frühstück beendet hatte, machte sie sich gleich auf den Heimweg. Auf dem Anrufbeantworter gab es keine Nachricht.

Sie wollte sich gerade zum Spaziergang aufmachen, als das Telefon klingelte. Es war Guldner, der ungewohnt schnell sprach.

Er kündigte an, dass er Wichtiges mitzuteilen habe, aber auf keinen Fall am Telefon. Gerade wollten sie eine Zeit für einen Besuch am Abend ausmachen, als es vorne an der Haustür schellte.

»Ich muss zur Tür. Das ist vielleicht der Briefträger. Ich rufe dann gleich zurück.«

Puck wartete schon laut bellend am Eingang.

Charlotte schrak zurück, als sie sah, wer ihr da einen Überraschungsbesuch abstattete. Doch Puck wedelte erfreut mit dem Schwanz. Er mochte diesen Besucher.

Kapitel 25 | *Angst*

Timo Bruckner sah elend aus, fast so elend wie auf seinem Selbstbildnis oben in Charlottes Atelier. Tiefe Ringe lagen unter seinen blutunterlaufenen Augen, die Haut war fahl, fast gelblich, der Mund hing schlaff und das ganze Gesicht war aufgedunsener denn je zuvor.

Charlotte musste ihren ganzen Mut zusammennehmen, um sich ihren Schrecken nicht anmerken zu lassen. Und ihre Angst.

Ja, sie hatte plötzlich Angst vor diesem Mann, der zwar ihr ganzes Mitgefühl hatte, der ihr aber auch großes Unbehagen einflößte. War er nicht unberechenbar in all seiner seelischen Labilität?

Das Gemälde, worin er sich sozusagen selbst seziert hatte, dieses Seelenmosaik, ließ Untiefen erahnen, die alles möglich machten. Er musste ihre Angst gefühlt haben.

Seine Hände zitterten, als er mit beschwichtigender Geste sagte: »Frau Rapp, entschuldigen Sie bitte, dass ich Sie am Sonntag störe, aber mein Gemälde wäre, glaube ich, bei mir daheim besser aufgehoben als hier bei Ihnen.«

Als der Ausdruck von Erschrecken trotz großen Bemühens nicht aus Charlottes Gesicht weichen wollte, fügte er rasch hinzu: »Ich nehme an, Sie haben einen Blick auf das Bild geworfen.«

Charlotte hatte sich wieder in der Gewalt: »Kommen Sie doch herein, Timo. Ja. Ich muss zugeben, ich war neugierig. Wie dumm von mir.«

»Und nun sind Sie geschockt. Dass ich derart zerfressen bin innerlich, das hätten Sie nicht gedacht.«

»Zerfressen?«

»Zerfressen von Schuld und Leidenschaften, ja.«

Das klang alles sehr pompös, und Charlotte versuchte, abzuwiegeln.

»Wir sind doch alle miteinander komplexe Wesen. Wir haben alle unsere Leichen im Keller. Sprichwörtlich gemeint. Aber nun kommen Sie doch herein. Ich mache uns einen Kaffee, ja?«

»Gerne.«

Während Charlotte in der Küche hantierte, überlegte sie krampfhaft, was Timo mit Schuld und Leidenschaften gemeint haben könnte. Ein schrecklicher Verdacht keimte in ihr auf. War er vielleicht der anonyme Anrufer gewesen? War er nur zu der therapeutischen Sitzung gekommen, um sie auszuspionieren? Weil er wusste, dass sie eine Bekannte von diesem Hauptkommissar war, der …

Tausend Gedanken spielten in ihrem Kopf verrückt, und plötzlich stand Timo Bruckner hinter ihr. Ohne Vorwarnung, wie eines dieser Teufelchen, die aus einer Kiste hochschnellen, wenn man den Deckel öffnet.

Sie stieß unwillkürlich einen Schrei aus. Vor ihr lag das große scharfe Brotmesser. Automatisch öffnete sie die Schublade und ließ das Messer darin verschwinden.

Puck kam in die Küche gesaust, schien aber die Situation nicht als gefährlich einzustufen. Wo blieb der berühmte Instinkt des Hundes?

»Ich wollte nachsehen, ob Sie Hilfe brauchen. Sie sind ewig nicht gekommen«, erklärte Timo.

Charlotte versuchte, ihr Zittern zu verbergen.

In diesem Moment schellte es laut und anhaltend an der Haustür.

Ferdinand Guldner war außer Atem und sehr nervös.

»Ist er noch da?«, stieß er hervor.

»Ja. Ich bin ehrlich gesagt erleichtert, dass Sie gekommen sind. Warum eigentlich?«

»Ich war beunruhigt, als der versprochene Rückruf nicht kam. Da habe ich eins und eins zusammengezählt und mir gedacht, dass der Besucher vielleicht ...«

Timo Bruckner kam aus der Küche und sagte ruhig: »Der Kaffee ist durchgelaufen, Frau Rapp.«

Ferdinand Guldner war sichtlich erstaunt, als er den Mann sah.

»Ach, ich dachte ...«

Er unterbrach den Satz, schwieg, als seien seine Lippen versiegelt. Dabei wirkte er irgendwie erleichtert.

»Ich will nicht stören«, sagte Timo. »Den Kaffee trinken wir ein anderes Mal, und das Bild nehme ich dann auch nicht heute mit. Sie haben sich bestimmt wichtige Dinge zu sagen.«

Er scheint wirklich Gedanken lesen zu können, dachte Charlotte wie schon einmal zuvor. Und da war Timo Bruckner auch schon verschwunden.

»Sie waren so erleichtert eben, als Sie ihn gesehen haben«, sagte Charlotte mit erstauntem Unterton.

»Ja, ich habe mit einem anderen Besucher gerechnet.«

»Und mit wem bitte?«

»Mit Florian Waltz.«

Charlotte, die dabei war, zwei Tassen und die Kaffeekanne auf ein kleines Tablett zu stellen, ließ alles beinahe aus der Hand fallen.

»Wieso er?«

»Das wollte ich eigentlich heute Abend erzählen, nun ist es aber anders gekommen«, sagte Ferdinand Guldner und schnappte sich das Tablett, um es zum Wohnzimmertisch zu tragen.

Kapitel 26 | *Obsessionen*

Und nun berichtete der Hauptkommissar, was er und seine Kollegen in Tristan Juhnkes Wohnung entdeckt hatten.

In der Messie-Wohnung des Ermordeten befanden sich ganze Aktenordner mit Fotos. Großformatige Fotos bedeckten die Wände. Es waren vor allem Fotos von Cornelia Waltz geborene Bruckner. Cornelia als Schülerin, lachend bei der Abifeier. Cornelia als Studentin, mit einem Stapel von Büchern unterm Arm, am Heidelberger Uniplatz. Cornelia als Braut, mit kleinem Babybauch, vor dem Weinheimer Standesamt am Schlosspark oben. Cornelia als Mutter, den Kinderwagen schiebend, dann auf dem Spielplatz mit Kleinkind Miranda. Cornelia beim Einkaufen im Supermarkt, beim Verlassen einer Modeboutique, mit edlen Tüten bepackt. Cornelia auf dem Wochenmarkt. Cornelia beim Plausch mit einer Bekannten im Café. Cornelia beim Abschneiden von Blumen in ihrem Garten und Cornelia auf der Terrasse, im Bikini und sich sonnend. Auffallend viele fröhliche Bilder.

»*Smiling depression*«, sagte Charlotte.

Die Fotos mussten alle klammheimlich gemacht worden sein. Die Abgelichtete hatte offensichtlich keine Ahnung davon gehabt, fotografiert zu werden. Schnappschüsse aus dem Alltagsleben der jungen Frau. Banal und doch so intim.

»Eine Obsession«, rief Charlotte aus. »Er war verrückt nach ihr. Das war schon damals bei der Kursfahrt in England zu merken. Keiner konnte aber ahnen, wie sehr er von diesem Mädchen besessen war. Oder doch?«

»Bitte jetzt keine Schuldgefühle, Charlotte! Nein. Keiner kann so was ahnen. Die Untiefen einer Seele, die kann doch niemand ergründen. Wir von der Polizei haben tagtäglich mit solchen Untiefen zu tun. Man kann doch nicht all das Schlimme verhindern, das passiert.«

»Dann hat Tristan Juhnke …?« Sie unterbrach sich selbst. »Aber was hat dann Florian Waltz …?«

Sie verstand nichts mehr.

»Ja, dazu komme ich jetzt. In der Wohnung waren auch Fotos von Florian Waltz und Bettina Jakob. Abzüge davon haben wir ja in einem anonymen Schreiben bekommen. Verfängliche, eindeutige Fotos. Beweise fürs Fremdgehen von Waltz.«

»Also war Tristan Juhnke das, was man einen Stalker nennt, oder?«

»Ja, ohne dass die Opfer etwas ahnten. Die meisten Stalker melden sich ja ständig bei denen, die sie verfolgen. Sie nerven unendlich, üben Telefonterror aus und solche Dinge. Psychoterror. Tristan Juhnke aber hatte Spaß am Obskuren, an der Geheimhaltung. Das gab ihm vielleicht den besonderen Kick. Diese absolute Heimlichkeit, dieses unendliche Machtgefühl: Ich könnte jederzeit zuschlagen, wenn ich wollte, so etwas in der Art. Wir werden nie erfahren, was in ihm vorging.«

»Aus einem großen Minderwertigkeitsgefühl heraus muss er gehandelt haben«, spekulierte Charlotte. »Und das passt auch zu seinem Zynismus. Schon als Schüler war er solch ein Zyniker. Eine tragische Gestalt eigentlich. Er tat mir immer leid. Mitleid hat viel mit Überlegenheit zu tun. Er hat das gemerkt und nahm es mir übel.«

»Ja, er muss Sie gehasst haben, Charlotte, warum auch immer.«

»Gehasst?«, rief Charlotte erschrocken aus. »Wieso das? Ich habe ihm nie einen Grund dazu gegeben, habe mich immer um Verständnis bemüht.«

»Dazu komme ich später. Juhnke war nicht nur ein Stalker,

sondern auch ein Erpresser, wie wir vermuten, und das Letztere hat ihn das Leben gekostet. Wir wissen es noch nicht genau und haben erst Gewissheit, wenn wir Florian Waltz verhört haben. Ich dachte, er sei hier, darum meine Sorge. Darum bin ich gekommen. Und nun muss ich los, meine Leute sind schon unterwegs in sein Haus. Der Staatsanwalt ist kulant dieses Wochenende. Er sieht die Dringlichkeit als gegeben. Vielleicht hat er dazugelernt. Juhnke könnte noch leben, wenn wir seine Wohnung eher hätten durchsuchen können.«

»Wie seid ihr aber darauf gekommen, dass Florian Waltz …?«

»Da war eine Notiz im Kalender. *Enterprise: DREAMER. 19.6. BLUE HAT. Florian W.*«

»Verschlüsselt, aber nicht sehr«, sagte Charlotte. »Das wissen wir als Dreamer-Experten, oder?«

Das Handy des Hauptkommissars klingelte.

»Ihr seid schon bei der Durchsuchung? – Und er ist festgenommen? – Gut. Ich bin in etwa zehn Minuten bei euch.«

»Ich melde mich, Charlotte«, sagte Ferdinand Guldner und eilte davon.

Kapitel 27 | *Das Geständnis*

Florian Waltz hatte offenbar nicht damit gerechnet, dass die Polizei so schnell reagieren würde. Die Abzüge der Fotos, eindeutige Beweise seiner Schuld, waren in der Mülltonne gefunden worden.

Fotos, die ihn in der Nacht des Pfingstmontags zusammen mit Bettina Jakob am Badhaus des Schwetzinger Schlossgartens zeigten. Er legte seine Hände um den Hals der Frau. Zunächst hielten die Ermittler die Szene für eine Liebesszene, doch ein zweites Foto zeigte Florian Waltz, wie er neben der am Boden liegenden Toten kniete. Und ein drittes, wie er am Davonlaufen war. Wie ein gehetztes Wild. Der Ausdruck seines Gesichts war von Angst und Entsetzen gezeichnet.

Meisterliche Fotos hatte Tristan Juhnke da geschossen.

Florian Waltz brach nach dreistündiger Vernehmung zusammen. Den Mord an Bettina Jakob konnte er nicht leugnen, doch er stritt lange ab, dass er sich des lästigen Erpressers entledigt hatte. Aber noch bevor die Pathologie eindeutige DNA-Spuren von Florian Waltz sicherstellte, gab er die Tat zu.

»Es war nicht geplant. Die Nerven sind mit mir durchgegangen«, versicherte er immer wieder.

»Und das Messer? Man trägt nicht von ungefähr ein Messer mit sich herum.«

»Es war das Messer von Juhnke. Ich wollte ihm das Geld, die geforderten 100 000 Euro, nicht gleich geben. Er beschimpfte mich, warf mir vor, Cornelia die Treppe hinabgestoßen zu haben.

Überhaupt sei ich es nicht wert gewesen, eine solch wundervolle Frau zu haben. Meine Erfolge: meinen lukrativen Beruf, die wunderbarste Frau der Welt, das schöne Haus, alles warf er mir vor. Er hatte mich schon immer gehasst und er würde mich vernichten. Ich verlor die Beherrschung. Mein Kind brauchte mich doch. Ich konnte mich nicht ruinieren lassen durch solch einen Loser.

›Zuerst die Fotos, dann das Geld‹, schrie ich. Und dann blitzte auf einmal das Messer auf. Es gab ein Gerangel, ich konnte die Waffe ergreifen, er stolperte, und er fiel in das Messer hinein. Mir ist es immer noch ein Rätsel, wie man derart unglücklich stürzen kann, aber der Boden war von dem vielen Regen ganz rutschig, und beim Straucheln musste er das Messer in Richtung Halsschlagader geführt haben und direkt hineingefallen sein. Es war so schrecklich. Ich versuchte, ihm zu helfen, aber er verblutete vor meinen Augen. Ich war außer mir vor Angst, bekam Panik. Ich stieß den Toten ins Wasser, schnappte das Geld und die Fotos. Rannte davon.«

Guldner schwieg.

»Ich bin kein kaltblütiger Mörder, Herr Hauptkommissar.«

»Und der Mord an Ihrer Geliebten? Und wo ist das Motiv? Man ermordet niemanden, den man liebt. Mit dem man vielleicht ein neues Leben anfangen will, oder?«

»Das ist es ja gerade«, entgegnete Florian Waltz. »Sie verstehen nichts.«

»Vielleicht hätten Sie dann die grenzenlose Güte, mich aus meiner Unwissenheit zu erlösen?«

So viel Sarkasmus war man von Guldner nicht gewohnt, aber er war nach dem zähen Verhör ziemlich ermüdet.

»Ich wollte schon seit Monaten das Verhältnis beenden. Aus meiner närrischen Verliebtheit war nach und nach Abneigung geworden. Als ich Cornelia tot am Fuß der Treppe liegen sah, wurde mir schlagartig bewusst, was ich verloren hatte. Dieser dumme Unfall. Vielleicht hat der Brief alles ausgelöst. Sie muss so verzweifelt gewesen sein, wie benommen. Dann ist sie so unglücklich gestürzt, dass sie sich das Genick brach.«

Florian Waltz barg sein Gesicht in beiden Händen. Ein Laut der Verzweiflung entrang sich seiner Brust.

»Welcher Brief, Herr Waltz?«

»Da war ein anonymer Brief und darin stand, dass ich sie mit Bettina betrüge.«

»Wo ist der Brief jetzt?«

»Den habe ich an mich genommen, bevor ihn jemand lesen konnte. Ich habe ihn zerrissen und entsorgt.«

Guldner überließ den sichtlich erschütterten und zerknirschten Mann seiner Verzweiflung, dann hakte er nach: »Und der Mord an Ihrer … einstigen Geliebten? Erzählen Sie bitte den Tathergang, Herr Waltz.«

»Da war dieser Konzertabend. Ich hatte mir schon fest vorgenommen, an dem Abend Schluss zu machen. Immer hat sie zu mir hergeschaut, dabei wollten wir uns ganz diskret treffen. Dass es keiner merkt. Aber Frau Rapp hat bemerkt, was da zwischen uns war.«

Gequält kam Bruchstück um Bruchstück aus Florian Waltz heraus.

»Sie war so plump, so aufdringlich. Immer schon. Diskretion war ein Fremdwort für sie. So vieles war ihr fremd. Unsensibel, das war sie. Oberflächlich. Egoistisch. Und im Grund … so gewöhnlich.«

Florian Waltz sah vor sich hin. Wie verzweifelt dieser Mann ist, dachte der Hauptkommissar.

»Aber fahren Sie bitte fort, Herr Waltz«, ermutigte Guldner sein Gegenüber.

»Dann im Schlossgarten, am Badhaus, da eskalierte die Situation. Ich sagte ihr, dass wir die Beziehung beenden müssten, und da hat sie geschrien: ›Du hast sie also umsonst umgebracht?‹ ›Ich habe sie nicht umgebracht, es war ein Unfall, ein schrecklicher Unfall, und ich habe Cornelia geliebt. Dich habe ich nie geliebt.

Du warst nichts als ein nettes Intermezzo, ein leichtes fröhliches Techtelmechtel. Du weißt gar nicht, was Liebe ist‹, schrie ich ihr entgegen. Sie ging wie eine Furie auf mich los. Und da geschah es. Erst als sie am Boden lag, merkte ich, was ich getan hatte. Ich warf die Tote ins Gebüsch ein bisschen oberhalb vom Badhaus. Und ich habe nicht gemerkt, dass da einer Fotos machte.«

Florian Waltz barg erneut sein Gesicht in den Händen.

»Es tut mir alles so leid. Warum habe ich Cornelia verraten wegen so einer … so einer hohlen Frau? Es war nicht immer ganz leicht, mit Cornelia zu leben. Ja. Wenn sie urplötzlich in ihre Depressionen verfiel, wenn sie weinte, grundlos, wie es schien, dann kam ich mir so nutzlos vor. Ich hätte ihr gerne geholfen. Aber irgendwie hat sie sich ja auch immer wieder selbst aus dem Tief gezogen.«

»Wie Münchhausen«, sagte Ferdinand Guldner.

»Ja, das stimmt. Wie Münchhausen, so hat sie sich selbst am eigenen Zopf aus dem Sumpf gezogen«, sagte Florian Waltz.

»Wissen Sie, Herr Hauptkommissar, wir waren einmal wie Romeo und Julia. Und sie war die liebevollste Mutter, die man sich denken kann. Eine wundervolle Geliebte auch. Wir hatten das Paradies und ich habe alles kaputt gemacht.«

Er starrte vor sich hin. Es war beängstigend anzusehen. Ja, dachte Ferdinand Guldner. So muss es wohl sein. Für Romeo und Julia kann es kein Happy End geben.

Es war nicht das erste Mal in seiner Karriere als Kripobeamter, dass er sich fragte, wer Opfer und wer Täter war. Nur widerwillig machte er seinen Leuten ein Zeichen, man möge den Geständigen abführen.

Kapitel 28 | *Püppchen*

»Es ging auf einmal alles so schnell, ich hätte das nicht erwartet«, sagte Ferdinand Guldner, als er bei Charlotte auf der sonnigen Terrasse ihres Hauses saß.

»Und hier hab ich was mitgebracht. Nichts Schönes eigentlich.«

Er stellte ein kleines Püppchen auf den Tisch. Es steckte voller Nadeln. Gespickt wie ein Igel.

»Was ist das?« Charlotte besah das komische Ding von allen Seiten, auf einmal rief sie aus: »Das soll ja ich sein.«

Sie brauchte eine Weile, bis sie die Bedeutung des Püppchens erkannte.

»Eine Voodoopuppe.«

»Es gab noch solch eine Puppe in Tristan Juhnkes Wohnung.«

»Darf ich raten? Die Puppe stellte Florian Waltz dar, und darin steckten auch ganz viele Nadeln.«

Guldners Schweigen war Antwort genug.

»Aber sein Hass-Zauber hat bei mir nicht gewirkt. Noch nicht.«

Sie griff sich plötzlich an die Stirn und dann ans Herz und rief in gespieltem Schmerz: »Au weia. Ich habe Herzrasen und schreckliches Kopfweh. Ich glaube, ich muss sterben!«

Dann wurde sie wieder ernst, denn Ferdinand Guldner schaute schon ganz besorgt drein, und sie fuhr fort: »So ein Brimborium. Ich glaube nicht an Voodoo und solche Hirngespinste.«

»Sagt nicht unser geliebter Shakespeare, dass es mehr zwischen Himmel und Erde gibt, als unsere Schulweisheit sich träumen lässt? So oder so ähnlich heißt es doch bei *Hamlet*?«

»Na ja, und wenn schon.«

Charlotte fuhr sich energisch durchs graublonde Lockenhaar.

»Und wann packen wir die Koffer für England? Nun ist der Fall ja gelöst.«

»Wann ist es am schönsten in England?«, wollte Guldner wissen.

»Ich würde sagen, im Herbst. Im Oktober zum Beispiel. Da sind in Stourhead Garden alle Bäume bunt. Auf keinem herbstlichen Kalenderblatt Englands fehlen die Motive aus diesem Park. Und in Chatsworth wabern schon die ersten Nebelschwaden. Das ist dann so richtig *gothic* und gruselig und gut für die Gänsehaut.«

»Eine Alliteration: gothic, gruselig, gut und Gänsehaut. Stimmt's?«

»Gut aufgepasst, Herr Guldner«, lachte Charlotte.

»Ein bisschen was ist doch hängengeblieben von meinem Anglistikseminar über literarische Stilmittel damals in Heidelberg«, sagte Guldner stolz.

Dann sagte er voller Enthusiasmus: »Ich freue mich riesig auf das Land von Shakespeare, auf Stourhead Garden und auf Stonehenge.«

»Nun ist er aber in Fahrt, mein Herr Anglist«, meinte Charlotte. »Nur nicht übertreiben, außerdem: Nach Stonehenge bringen mich keine zehn Pferde. Langweilig. Oder wie ein guter englischer Bekannter mal meinte: ›Stonehenge? *Nothing but a heap of old stones.*‹ Und das ist es wirklich: ein Haufen alter Steine und vor allem: fürchterlich viele Touristen drumrum. Die werden abgezockt, dabei kann man gar nicht mehr nahe zu den Steinen hingehen. Auf einem Steg wird im Gänsemarsch die Herde der Touristen um die Hinkelsteine geführt. Wirklich«, wiederholte Charlotte energisch und strich sich dabei eine störrische Locke aus der Stirn. »Stonehenge. Nein, danke.«

Man merkte, dass es ihr ernst damit war.

Ferdinand Guldner lächelte nachsichtig und dachte, dass es nicht langweilig werden würde mit Charlotte.

In diesem Moment sagte sie: »Ach, ich habe eine Idee. Ich habe eine DVD da. Zur Einstimmung auf England und Shakespeare. Wir gucken uns den Film zusammen an. Mit Kenneth Brannagh, der auch Regie führt, und mit Emma Thompson, Keanu Reeves, Denzel Washington und natürlich mit meinem amerikanischen Lieblingsschauspieler Robert Sean Leonard als Claudio. Hochkarätige Besetzung. In der Toscana gedreht, ein wundervoller Sommerfilm.«

»Welche Shakespeare-Verfilmung ist es?«, fragte Ferdinand Guldner.

»*Viel Lärm um Nichts*«, entgegnete Charlotte und strich sich dabei wieder eine graublonde Haarlocke aus der Stirn.

»Und ich dachte schon, es sei *Der Widerspenstigen Zähmung*«, kam es zurück.

Charlotte verstand partout nicht, warum dabei ein feines ironisches Lächeln Ferdinand Guldners Mund umspielte.

Kapitel 29 | *Miranda*

Einige Tage später führte der Zufall Charlotte am Haus Nummer 88 in der Karrillonstraße vorbei.

Friederike Bruckner, Alexander Koch und die kleine Miranda öffneten das Gartentürchen zur Villa von Annerose und Herbert Bruckner. Die Großeltern kamen gerade aus dem Haus. Die kleine Miri lief auf Annerose Bruckner zu, die ihre Arme weit ausgebreitet hielt.

»Da bist du ja, mein Schätzchen«, rief Annerose Bruckner laut und voller Freude. Das Kind lief jauchzend in die Arme der Großmutter.

Wie man sich in Menschen täuschen kann, dachte Charlotte. Ich und meine Vorurteile. Ich glaube, ich muss noch viel lernen.

Lilo Beil

Lilo Beil wurde im südpfälzischen Klingenmünster geboren. Die Pfarrerstochter verbrachte Kindheit und Jugend in Dielkirchen bei Rockenhausen und in Winden bei Landau. Ab 1966 studierte sie in Heidelberg Romanistik und Anglistik. Sie unterrichtete von 1972 bis Januar 2008 an der Martin-Luther-Schule in Rimbach bei Heppenheim an der Bergstraße. Die Autorin hat drei erwachsene Töchter und lebt mit Mann und Hund im vorderen Odenwald.

Seit frühester Jugend interessierte sich Lilo Beil für Literatur und Kunst. Ihr liegt, sagt sie, das Satirische, aber es finden sich in ihren Geschichten genauso romantische und nostalgische Elemente, Spannungsmomente und die kritische Auseinandersetzung mit Geschichte und Gesellschaft. Gelobt wird außerdem immer wieder die klare, sorgfältige Sprache.

1997 erschien »Maikäfersommer – Eine Pfälzer Kindheit in den 50er Jahren« im Verlag Pfälzer Kunst/Dr. Blinn. Weitere Erfolge wie die Aufnahme ihrer Kurzgeschichte »Der Nussknacker« in eine Anthologie des Rowohlt-Verlages ermutigten Lilo Beil. 1999 veröffentlichte sie unter dem Titel »Sonnenblumenreise« Geschichten für Reisende und Nichtreisende; 2002 folgte der Krimiband

»Heute kein Spaziergang. 43 Krimigeschichten«. 2005 erschien ihre Geschichtensammlung »Schattenzeit«. 2006 folgte eine zweite Ausgabe »Maikäfersommer und andere Geschichten aus Pfalz und Kurpfalz« in der Edition Tintenfaß. 2010 erschien die erweiterte Taschenbuchausgabe »Maikäfersommer – Kindheitsgeschichten« im Conte Verlag. Kommissar Gontard ermittelte erstmals 2007 in »Gottes Mühlen«, 2008 und 2009 folgten »Das Licht unterm Scheffel« und »Die schlafenden Hunde«, 2011 »Die Nacht der grauen Katzen«, 2012 »Die Mauern des Schweigens«, 2014 »Das gläserne Glück« und 2015 »Die Reise des Engels«. 2010 erschien der Non-Gontard »Die Kinder im Brunnen« und 2013 »Mord auf vier Pfoten – 22 tierische Krimigeschichten«. Im Übrigen beteiligt sich Lilo Beil an zahlreichen Anthologien mit Kurzprosa – Krimis und Nicht-Krimis gleichermaßen. So ist sie in mittlerweile dreizehn Anthologien des Wellhöfer Verlages vertreten.

Bibliographie

Folgende Bücher, Schriften und Filme waren mir hilfreich:

- William Shakespeare – Complete Works, Collins 1964
- William Shakespeare – Werke I-IV, Kohlhammer-Verlag Stuttgart, Herausgeber O. Rühle, 1984
- Round About Chatsworth, Frances Lincoln edition 2005
- Your Guide to Chatsworth, World Land Trust 2013
- Schlossgarten Schwetzingen, Deutscher Kunstverlag Berlin 2009
- Die Präraffaeliten – Renato Barilli, Galerie der klassischen Moderne 1988
- Georgiana Duchess of Devonshire, Amanda Foreman, Harper Collins Publishers 1998
- Pride and Prejudice, Jane Austen, Penguin English Library 1984
- Von schwarzen Schatten schwer, Über das Glück, traurig zu sein, Aufbau Taschenbuch Verlag 1997, herausgegeben von Johanna v. Koppenfels und Annette C. Anton.

Filme:

- Pride and Prejudice (Stolz und Vorurteil), 2005
- The Full Monty (Ganz oder gar nicht), 1997
- The Duchess (Die Herzogin), 2009
- Dead Poets Society (Der Club der toten Dichter), 1987
- The Hours, 2002
- Much Ado about Nothing (Viel Lärm um Nichts), 1993

Lilo Beils Krimis im Conte Verlag

Lilo Beil
Gottes Mühlen
Kommissar Gontards erster Fall

184 Seiten
ISBN 978-3-936950-49-6
9,90 €

»Kein schonungsloser Nervenkitzel, sondern intelligente Spannung, die zum Nachdenken anregt, weit über Ort und Zeit hinweg.«
Bonner General-Anzeiger

Lilo Beil
Das Licht unterm Scheffel
Kommissar Gontards zweiter Fall

178 Seiten
ISBN 978-3-936950-72-4
9,90 €

»Intelligenter Krimi mit außergewöhnlicher Handlung«
Odenwälder Zeitung

Lilo Beils Krimis im Conte Verlag

Lilo Beil

Die schlafenden Hunde

Kommissar Gontards dritter Fall

194 Seiten
ISBN 978-3-936950-87-8
9,90 €

Ein Kriminalroman, den man schon nach den ersten Zeilen nur noch schwer aus der Hand legen kann.
Weinheimer Nachrichten / Odenwälder Zeitung

Lilo Beil

Die Nacht der grauen Katzen

Kommissar Gontards vierter Fall

202 Seiten
ISBN 978-3-941657-28-1
11,90 €

Die Autorin wagt, was viele umgehen oder verharmlosen: die direkte Auseinandersetzung mit den Täterinnen und Tätern der Nazizeit.
Neue Wetzlarer Zeitung

Lilo Beils Krimis im Conte Verlag

Lilo Beil
Die Mauern des Schweigens
Kommissar Gontards fünfter Fall

210 Seiten
ISBN 978-3-941657-60-1
11,90 €

»Trotz des hohen Unterhaltungswerts steht die Botschaft des Buches deutlich im Raum. Geschieht Unrecht, gilt es, ›Die Mauern des Schweigens‹ zu durchbrechen.« Die Rheinpfalz

Lilo Beil
Die Kinder im Brunnen

204 Seiten
ISBN 978-3-941657-10-6
11,90 €

Dieser packende und bis zum Schluss spannende Krimi geht unter die Haut.
Marburger Neue Zeitung